J.K. ROWLING

与"混血王子"II

〔英〕J.K.罗琳/著 马爱农 马爱新/译

人民文学出版社

著作权合同登记号　图字　01-2024-1008

Harry Potter and the Half-Blood Prince
First published in Great Britain in 2005 by Bloomsbury Publishing Plc.
Text © 2005 by J.K. Rowling
Interior illustrations by Mary GrandPré© 2005 by Warner Bros.
Wizarding World, Publishing and Theatrical Rights © J.K. Rowling
Wizarding World characters, names and related indicia are TM and © Warner Bros. Entertainment Inc.
Wizarding World TM &© Warner Bros. Entertainment Inc.

图书在版编目（CIP）数据

哈利·波特与"混血王子". Ⅱ/(英)J.K.罗琳著；马爱农，马爱新译. —北京：人民文学出版社，2020（2025.2重印）
ISBN 978-7-02-015319-0

Ⅰ.①哈…　Ⅱ.①J…②马…③马…　Ⅲ.①儿童小说—长篇小说—英国—现代　Ⅳ.①I561.84

中国版本图书馆CIP数据核字（2019）第111837号

责任编辑	翟　灿
美术编辑	刘　静
封面插图	李　旻
责任印制	苏文强

出版发行	人民文学出版社
社　　址	北京市朝内大街166号
邮政编码	100705

| 印　　刷 | 三河市鑫金马印装有限公司 |
| 经　　销 | 全国新华书店等 |

字　　数	156千字
开　　本	880毫米×1230毫米　1/32
印　　张	6.25　插页3
印　　数	158001—168000
版　　次	2020年10月北京第1版
印　　次	2025年2月第21次印刷

| 书　　号 | 978-7-02-015319-0 |
| 定　　价 | 22.00元 |

如有印装质量问题，请与本社图书销售中心调换。电话：010-65233595

主要人物表

哈利·波特　　　　　本书主人公,霍格沃茨魔法学校六年级学生
罗恩·韦斯莱　　　　哈利在魔法学校的好朋友
赫敏·格兰杰　　　　哈利在魔法学校的好朋友
纳威·隆巴顿　　　　哈利在魔法学校的同学
金妮·韦斯莱　　　　魔法学校五年级学生,罗恩的妹妹
卢娜·洛夫古德　　　哈利在魔法学校的同学
德拉科·马尔福　　　哈利在魔法学校的同学
阿不思·邓布利多　　霍格沃茨魔法学校校长
米勒娃·麦格　　　　霍格沃茨魔法学校副校长
鲁伯·海格　　　　　霍格沃茨魔法学校钥匙保管员,猎场看守
西弗勒斯·斯内普　　霍格沃茨魔法学校黑魔法防御术课教师
霍拉斯·斯拉格霍恩　霍格沃茨魔法学校魔药课教师
鲁弗斯·斯克林杰　　新任魔法部部长
汤姆·里德尔　　　　少年时代的伏地魔
伏地魔　　　　　　　杀死哈利父母的黑魔头,被称为"神秘人"

献　给

我美丽的女儿麦肯琦

愿她喜欢这个散发着墨香的孪生妹妹

目 录

第 11 章　赫敏出手相助　　001
第 12 章　银器和蛋白石　　020
第 13 章　神秘的里德尔　　041
第 14 章　福灵剂　　062
第 15 章　牢不可破的誓言　　086
第 16 章　冰霜圣诞节　　106
第 17 章　混沌的记忆　　128
第 18 章　生日的意外　　150
第 19 章　小精灵尾巴　　172

第 11 章

赫敏出手相助

正如赫敏所预言的,六年级没有课的那些时间,根本不像罗恩期待的那样可以尽情地放松休息,而是必须用来努力完成老师布置的大量家庭作业。他们像每天都要应付考试似的拼命用功,而且功课本身也比以前难多了。这些日子麦格教授所教的东西,哈利差不多一半都听不懂,就连赫敏也有一两次不得不让麦格教授把讲的内容重复一遍。令人不敢相信的是,哈利最拿手的科目突然变成了魔药学,这多亏了那位混血王子,也使赫敏越来越感到愤愤不平。

现在要求他们使用无声咒了,不仅黑魔法防御术课,而且魔咒课和变形课也这样要求。哈利在公共休息室或者在吃饭的时候,经常看见他的同班同学脸憋得通红,暗暗地运气,像是服用了过量的便秘仁。他知道,他们实际上是在苦苦练习不把咒语念出声来而让魔法生效的本领。只有来到外面的温室里,大家才算松了口气。现在草药课上对付的植物比过去更危险了,但是当毒触手猝不及防地从后面抓住他们时,他们至少可以大声地咒骂。

由于功课繁重，没日没夜地练习无声咒，哈利、罗恩和赫敏一直没有时间去看望海格。海格已经不来教工餐桌吃饭了，这是一个不祥的兆头，有几次他们在走廊里或外面操场上遇到他，他竟然假装没看见他们，也没听见他们跟他打招呼，这真是太奇怪了。

"我们一定要去解释一下。"星期六吃早饭时，赫敏抬头望着教工餐桌上海格的那张空空的大座位，说道。

"今天上午有魁地奇选拔呢！"罗恩说，"而且还要练习弗立维布置的清水如泉咒！再说了，有什么可解释的？我们总不能跟他说我们讨厌他那门愚蠢的课吧！"

"我们不讨厌它！"赫敏说。

"那是你自己这么说，我可没忘记那些炸尾螺。"罗恩愁眉苦脸地说，"现在我告诉你吧，我们能逃脱真是够侥幸的。你是没听见他怎么谈他那个傻瓜弟弟——如果我们留下来继续上课，现在可能在教格洛普怎么系鞋带呢。"

"我不愿意跟海格不说话。"赫敏说，显得很难过。

"那我们就等魁地奇选拔结束以后再去。"哈利安慰她道。他也很想念海格，不过他和罗恩一样，觉得最好一辈子别跟格洛普打交道。"有这么多人提出申请，选拔可能要进行一个上午呢。"想到就要面对他当队长后的第一个障碍，他感到有点儿紧张，"不知道为什么球队突然变得这么受欢迎了。"

"哦，得了吧，哈利，"赫敏突然不耐烦起来，说道，"受欢迎的不是魁地奇，而是你！你从来没像现在这样让人感兴趣，坦白地说吧，你从来没像现在这样招人喜欢。"

第11章 赫敏出手相助

罗恩被嘴里的一大块腌鱼呛住了。赫敏朝他鄙夷地瞪了一眼，又转向哈利。

"现在大家都知道你说的是实话了，对不对？整个巫师界都不得不承认，你说的伏地魔卷土重来的消息是正确的，而且你在过去两年里真的跟他较量过两次，两次都死里逃生。现在他们管你叫'救世之星'——怎么样，现在你还不明白人们为什么对你着迷吗？"

哈利突然觉得礼堂里热得难受，尽管天花板看上去仍然阴雨蒙蒙。

"还有啊，你遭受了魔法部对你的那些迫害，他们拼命想把你说成是一个反复无常的人、一个说谎专家。那个恶毒的女人逼你用自己的鲜血写出的印迹，现在还能看得出来，可是你仍然坚持自己的说法……"

"部里那些大脑抓我时留下的痕迹，现在也能看得出来，你看。"罗恩说着把衣袖往上抖了抖。

"还有，你暑假里长高了将近一英尺，这也让人刮目相看。"赫敏没有理睬罗恩，兀自把话说下去。

"我个子也高了。"罗恩没头没脑地来了这么一句。

送信的猫头鹰来了，俯冲着穿过溅满雨水的窗户，把雨滴洒在礼堂里每个人的头上和身上。大多数人的邮件都比平常多。忧心忡忡的家长急着想知道自己孩子的消息，并反过来告诉孩子他们在家一切都好。哈利自从开学以来就没有收到过信。唯一一个经常给他写信的人已经死了，他曾暗暗希望卢平偶尔会给他写写信，但这个期盼也落空了。因此，当他在那些褐色和灰色的猫头鹰中看到海德薇雪白的身影时，不禁大感意外。海德薇带着一个四四方方的大包裹落在哈利面前。片刻之后，罗恩面前也掉下来一个一模一样的包裹，他那身材娇小的猫头鹰小猪被压在下面，已经累得喘不过气来了。

"哈！"哈利说着拆开了包裹，露出一本崭新的《高级魔药制作》，是丽痕书店刚刚寄来的。

"哦，太好了，"赫敏高兴地说，"现在你可以把那本被乱涂乱画得一团糟的课本还回去了。"

"你疯了吗？"哈利说，"我要留着它！看，我早就想好了——"

他从书包里抽出那本旧的《高级魔药制作》，用魔杖敲了敲封面，念了一句："四分五裂！"封面立刻脱落下来。他又对着那本新书如法炮制（赫敏一副震惊的样子）。然后，哈利把两个封面互相交换，再挨个儿敲了敲，说道："恢复如初！"

于是，王子的那一本被伪装成了新书，而丽痕书店刚寄来的那本新书则显得破破烂烂，完全像个二手货了。

"我把新书还给斯拉格霍恩。他没什么可抱怨的，这花了我九个加隆呢。"

赫敏抿着嘴唇，满脸的愤怒和不满。就在这时，第三只猫头鹰带着当天的《预言家日报》落在她面前，转移了她的注意力。她急忙打开报纸，扫了几眼第一版。

"有我们认识的人死了吗？"罗恩用假装随便的口气问。每次赫敏打开报纸，他都要提出这个问题。

"没有，但是又有摄魂怪袭击的报道，"赫敏说，"还有一个人被捕了。"

第11章 赫敏出手相助

"太棒了,谁?"哈利说,心里想到了贝拉特里克斯·莱斯特兰奇。

"斯坦·桑帕克。"赫敏说。

"什么?"哈利大吃一惊。

斯坦·桑帕克,巫师界著名的骑士公共汽车售票员,因涉嫌从事食死徒活动而被捕。桑帕克先生现年二十一岁,傲罗昨夜在突袭搜查其在克拉彭区的住所后将其拘捕……

"斯坦·桑帕克,是个食死徒?"哈利想起了他三年前第一次遇到的那个脸上长着青春痘的小伙子,"不可能!"

"他大概是中了夺魂咒吧,"罗恩合理地分析道,"这可是说不准的事儿。"

"看来不像。"赫敏仍然在看报纸,说道,"这上面说,是有人听见他在一家酒馆里谈论食死徒的秘密计划之后才逮捕他的。"她抬起头,脸上带着苦恼的表情。"如果他中了夺魂咒,就不可能到处跟人议论他们的计划,是不是?"

"看样子他是想炫耀自己知道许多东西,但其实不然。"罗恩说,"当年他想跟那些媚娃套近乎时,不是还吹牛说他就要当魔法部部长了吗?"

"是啊,就是他。"哈利说,"真不明白他们在搞什么名堂,竟然把斯坦的话当真。"

"大概是想让大家看到他们在做事吧。"赫敏皱着眉头说,"现在人心惶惶——你知道吗?佩蒂尔双胞胎的父母要把她们接回家了。爱洛伊丝·米德根已经退学,她父亲昨天晚上来接她的。"

"什么?"罗恩瞪大眼睛看着赫敏说,"可是霍格沃茨比他们家里安全呀,这是毫无疑问的!我们有傲罗,又新增了那么多防护咒,还有邓布利多!"

"我认为他其实并不一直在我们身边。"赫敏压低声音说,她的目光从《预言家日报》上扫了一眼教工餐桌,"你们没有注意到吗?最近这个星期,他的座位经常像海格的一样空着。"

哈利和罗恩抬头看了看教工餐桌。果然,校长的座位上没有人。哈利仔细一想,自从一个星期前邓布利多给他单独上课之后,他就再也没有看见他。

"我想,他离开学校是去做跟凤凰社有关的事情,"赫敏低声说,"我是说……现在形势显得很严峻,是不是?"

哈利和罗恩没有回答,但哈利知道他们脑子里都想到了同一件事。前一天出了一起可怕的事故,汉娜·艾博在草药课上被叫了出去,被告知她母亲遇害身亡。从那之后,他们就再也没有看见汉娜。

五分钟后,当他们离开格兰芬多餐桌,朝魁地奇球场走去时,迎面看见了拉文德·布朗和帕瓦蒂·佩蒂尔。哈利想起了赫敏说过佩蒂尔孪生姐妹的父母想要她们离开霍格沃茨的事,所以,他看到这两个好朋友在那里窃窃私语,神情忧伤,就不感到奇怪了。让他吃惊的是,当罗恩走过她们旁边时,帕瓦蒂突然用胳膊肘捅了捅拉文德,拉文德回过头来,送给罗恩一个灿烂的微笑。罗恩朝她眨巴眨巴眼睛,也迟疑不决地笑了笑。他走路的姿势立刻变得大摇大摆,架子十足起来。哈利看了想笑,但赶紧忍住了,他

第 11 章　赫敏出手相助

想起马尔福踩断自己鼻子时，罗恩没有笑话自己。赫敏则显得傲慢、冷漠，她穿过冷飕飕、雾蒙蒙的毛毛细雨，走向球场，然后，也没向罗恩道一声好运，就径自到看台上找座位去了。

正如哈利早就料到的，选拔进行了差不多一个上午。格兰芬多学院从一年级到七年级的半数同学都来了。一年级同学紧张地攥着从学校仓库里挑出的几把破破烂烂的旧扫帚，七年级同学则显得高高大大，鹤立鸡群，气势怪吓人的。七年级同学里有一个头发又粗又硬的大个子，哈利一眼就认出他是霍格沃茨特快列车上的那个男生。

"我们在火车上见过，在老鼻涕虫的包厢里。"他信心十足地说，从人群里走了出来，要跟哈利握手，"考迈克·麦克拉根，守门员。"

"你去年没有参加选拔，是吗？"哈利注意到麦克拉根长得膀大腰圆，心想即使他在那里不动，大概也能把三个球门封堵得严严实实。

"去年他们搞选拔时，我还住在医院里呢。"麦克拉根带着点儿吹牛的口气说，"我跟人打赌，吃了一磅狐媚子蛋。"

"噢，"哈利说，"好吧……你就在那儿等着吧……"

他指了指球场边缘靠近赫敏坐的地方。他仿佛看见麦克拉根脸上闪过一丝懊恼的表情，他想，莫非麦克拉根以为他们俩都是老鼻涕虫的宠儿，他就能得到特殊的待遇？

哈利决定先进行一个基本测试，他叫所有申请加入球队的人分成十个人一组，绕着球场飞一圈。这真是一个明智的决定。第一组的十个人全是一年级新生，显然以前几乎就没有飞过。只有一个男孩在空中待了几秒钟,他自己也吃惊得要命,结果很快就撞到了球门柱子上。

第二组是十个女生,哈利从没碰见过这么傻的姑娘,他一吹哨子,她们就叽叽咕咕地笑得直不起腰,互相抱作一团。罗米达·万尼也在她们中间。当哈利叫她们离开球场时,她们高高兴兴地走了,然后坐在看台上七嘴八舌地互相指责。

第三组绕球场飞到一半时摔成了一堆。第四组的大多数人没带扫帚就来了。第五组竟然都是赫奇帕奇的学生。

"这里还有谁不是格兰芬多学院的,"哈利吼道,他心里真的恼火了,"请马上离开!"

停顿片刻后,两个拉文克劳的低年级学生扑哧一声大笑着奔出了球场。

两个小时后,听了满耳朵牢骚,看了好几次他人发脾气,其中一次砸烂了一把彗星260,还有人打掉了几颗牙齿,哈利终于给自己挑选了三名追球手:凯蒂·贝尔,她表现出色,重新归队;一位名叫德米尔扎·罗宾斯的新秀,她躲避游走球特别敏捷;还有金妮·韦斯莱,她飞得比所有选手都快,并且投中了十七个球。哈利对他选出的这几个人很满意,但因为不停地冲许多发牢骚的人嚷嚷,他的嗓子都哑了,此刻又要对付那些落选的击球手们的抱怨。

"就这么定了,如果不赶快滚开让守门员进来,我就给你们施恶咒。"他吼道。

他挑选的两位击球手都不如弗雷德和乔治那么出类拔萃,但还算让人满意:吉米·珀克斯,一位宽胸膛、矮个子的三年级同

第11章 赫敏出手相助

学,他大力击出的游走球在哈利的后脑勺上撞出了一个鸡蛋大的鼓包;里切·古特,看上去弱不禁风,但瞄得很准。他们俩现在跟观众一起坐在看台上,观看哈利挑选他们的最后一名队员。

哈利故意把守门员的选拔放在最后,希望这时候球场上的人会少一些,这样给参赛选手的压力也会小一些。不幸的是,所有那些落选的球员,还有许多拖拖拉拉刚吃完早饭的人,现在又都加入到观众当中,看台上的人比刚才更多了。每位守门员飞向球门时,观众都爆发出同样热烈的欢呼声和讥笑声。哈利扫了一眼罗恩,罗恩总是有怯场的毛病。哈利本来希望,他们上学期最后一场比赛大获全胜,大概可以治好他这个毛病,然而看来没有。罗恩的脸色微微有些发绿。

前面五位选手都最多只救起了两个球。让哈利大为失望的是,考迈克·麦克拉根竟然一连救起了五个球中的四个。不过,在救最后一个球时,他朝着完全相反的方向扑去。观众们哄堂大笑,给他喝倒彩,麦克拉根咬着牙回到了球场上。

罗恩骑上他那把横扫十一星时,看上去随时都会晕倒。

"祝你好运!"看台上一个声音喊道。哈利扭过头,以为看见的会是赫敏,没想到却是拉文德·布朗。片刻之后,哈利也巴不得能像她那样用两只手把脸捂住,但他觉得自己身为队长,应该表现得更有勇气一些,便转脸注视着罗恩参选。

其实他用不着担心:罗恩一连救起了一个、两个、三个、四个、五个罚球。哈利高兴得心花怒放,他拼命克制自己,没有跟着观众一起欢呼喝彩。他转向麦克拉根,准备告诉他:很不幸,罗恩击败了他。没想到他一扭头,麦克拉根那张通红的脸就在眼前,近在咫尺。哈利赶紧退后几步。

"他妹妹根本就没认真发球。"麦克拉根恶狠狠地说。他太阳穴上的一根血管突突直跳,这景象是哈利经常在弗农姨父身上看到并暗自称奇的。"她给他的球很容易救起来。"

"胡说,"哈利冷冷地说,"就是那个球,他差一点儿就失手了。"

麦克拉根朝哈利逼近了一步,哈利这次没有退缩。

"让我再试一次。"

"不行,"哈利说,"你已经试过了。你救起了四个,罗恩救起了五个。罗恩是守门员,他赢得光明正大。你快给我滚开。"

一时间,他以为麦克拉根会出拳揍他,但麦克拉根只是做了一个难看的鬼脸,便嘟嘟囔囔地走开了,一边对着空气叫嚷一些威胁的话。

哈利转过脸,发现他的新队员们都在笑眯眯地看着他。

"干得漂亮,"他哑着嗓子说,"你们飞得真不错——"

"你太棒了,罗恩!"

这次真的是赫敏从看台上朝他们跑来了。哈利看见拉文德跟帕瓦蒂手挽着手走出球场,脸上一副气呼呼的样子。罗恩似乎对自己满意极了,他看着队员和赫敏,傻呵呵地直笑,个头显得比平常更高了。

定好第一次全队训练的时间是下个星期四,哈利、罗恩和赫敏便向其他队员说了声再见,朝海格的小屋走去。这时,一轮水汪汪的太阳正拼命从云彩里探出头来,毛毛雨终于停了。哈利觉得饿极了。他希望海格的小屋里能有点吃的东西。

"我还以为第四个球我救不起来呢。"罗恩眉飞色舞地说,"德

第11章 赫敏出手相助

米尔扎的那个球真刁,你们看见了吗,带着点儿旋转——"

"是啊,是啊,你真出色。"赫敏似乎感到很有趣。

"我反正比那个麦克拉根强。"罗恩用非常得意的口气说,"你看见他救第五个球时,竟然笨头笨脑地扑错了方向吗?就好像中了混淆咒似的……"

听了这话,赫敏的脸色突然变得通红,哈利看了觉得很吃惊。罗恩什么也没注意到,只顾在那里津津乐道地描述他是怎么救起另外几个球的。

巴克比克,那头庞大的灰色鹰头马身有翼兽就拴在海格小屋的门前。它看见他们走近,咔嗒咔嗒地咂了咂刀片般锋利的尖嘴,把大脑袋朝他们转了过来。

"哦,天哪,"赫敏紧张地说,"它仍然有点儿吓人,是不是?"

"得了吧,你还骑过它呢,不是吗?"罗恩说。

哈利走上前,与鹰头马身有翼兽的目光对视,眼睛一眨不眨地朝它深深地鞠了一躬。过了几秒钟,巴克比克也弯下身去。

"你好吗?"哈利低声问,一边上前轻轻抚摸它那覆盖着羽毛的脑袋,"想他了?但你待在海格这里也蛮开心的,是不是?"

"喂!"一个响亮的声音说。

海格从小屋后面转了过来,系着一条印花的大围裙,拎着一口袋土豆。他那条大猎狗牙牙跟在他脚边。牙牙低吼一声,朝哈利他们扑了过来。

"别去惹它!它会咬掉你的手指——噢,是你们几个。"

牙牙冲着赫敏和罗恩上蹿下跳,想舔他们的耳朵。海格停住脚,看了他们三个一眼,便转身大步走进小屋,重重地把门关上了。

"哦，天哪！"赫敏说，显得难过极了。

"别担心。"哈利板着脸说。他走到小屋前使劲地敲门。

"海格！快开门，我们想跟你谈谈！"

里面没有声音。

"如果你不开门，我们就把门炸开！"哈利说着抽出了魔杖。

"哈利！"赫敏用惊恐的声音说，"你绝不能——"

"怎么不能！"哈利说，"往后站站——"

可是，没等他再说话，小屋的门突然打开了——这是哈利早就料到的，海格站在那里气冲冲地瞪着他，海格虽然系着印花围裙，但那样子还是挺吓人的。

"我是个老师！"他冲哈利吼道，"老师，波特！你怎么敢威胁说要炸坏我的门！"

"对不起，先生。"哈利说，故意把最后两个字咬得很重，一边把魔杖插进了长袍里。

海格似乎惊呆了。

"你从什么时候开始叫我'先生'了？"

"你从什么时候开始叫我'波特'了？"

"嘀，够机灵，"海格咆哮着说，"够有趣的。把我给绕进去了，是不？好吧，进来吧，你们这些忘恩负义的……"

他气呼呼地嘟囔着，往后一闪给他们让出了门。赫敏紧跟着哈利进了小屋，显出非常害怕的样子。

"怎么啦？"海格没好气地说，哈利、罗恩和赫敏在他那张大木桌旁坐了下来，牙牙立刻把脑袋搁在哈利膝盖上，口水哩哩啦啦地滴在他的袍子上。"这是怎么啦？觉得我可怜？以为我很

第 11 章　赫敏出手相助

孤独什么的？"

"不是，"哈利立刻说道，"我们只是想来看看你。"

"我们很想你！"赫敏战战兢兢地说。

"想我，是吗？"海格轻蔑地哼了一声说，"是啊，没错。"

他跺着脚走来走去，用那把巨大的铜茶壶沏上了茶，嘴里不停地嘟囔着什么。最后，他把三只小桶那么大的茶杯重重地放在他们面前，里面茶水的颜色深得像红木一样，他还端来了一盘他自制的岩皮饼。哈利饿极了，顾不上挑剔海格的烹调手艺，立刻伸手拿了一块。

"海格，"赫敏怯生生地说，这时海格跟他们一起坐在桌子旁，开始削土豆皮，他用的劲儿那么狠，似乎每个土豆都跟他有深仇大恨，"其实，我们真的想继续上保护神奇动物课来着。"

海格的鼻子里又使劲哼了一声。哈利简直怀疑有几块鼻屎落进了土豆里，他暗自庆幸他们不会留下来吃午饭。

"真的！"赫敏说，"可是我们的课程表都排不过来了！"

"是啊，没错！"海格又这么说。

这时，突然传来一种古怪的嘎吱嘎吱的声音，他们都转过头去。赫敏轻轻地尖叫了一声，罗恩忽地从座位上跳起来，绕到桌子那头，躲开他们刚刚注意到的那只放在墙角的大桶。桶里装满了一尺来长的蛆一般的东西，黏糊糊、白生生的，不停地扭动着。

"这是什么呀，海格？"哈利问，尽量使自己的语气听上去是好奇而不是厌恶，但还是赶紧放下了手里的岩皮饼。

"巨蛴螬嘛。"海格说。

"它们长大后会变成……？"罗恩神色惶恐地问。

"不会变成什么。"海格说,"我养它们是为了喂阿拉戈克。"

毫无来由地,他突然哭了起来。

"海格!"赫敏叫了一声,跳起来匆匆绕过桌子——为了避开那桶巨蛴螬,她特意从远的那端绕过去。她用胳膊搂住海格颤抖的肩膀。"怎么啦?"

"是……是他……"海格抽泣着说,泪水从黑亮的小眼睛里流淌下来,他用围裙擦着脸,"是……阿拉戈克……我觉得他快死了……他病了一个夏天,一直不见好……我不知道,如果他……如果他……我该怎么办……我们在一起这么长时间了……"

赫敏拍着海格的肩膀,完全不知道该说什么才好。哈利明白她的感觉。他知道海格曾经把一个玩具熊送给一头凶恶的小火龙,还看见海格给那些长着吸盘和螯刺的大蝎子轻轻地哼歌儿,并试图跟他那个同母异父的弟弟、那个残暴的巨人讲道理,但是,在海格喜欢过的所有这些庞然大物中,要数这个最让人难以理解了:阿拉戈克,一只会说话的巨型蜘蛛,居住在禁林深处,四年前,哈利和罗恩差点儿在它那里送了命。

"我们——我们能做点什么吗?"赫敏没理睬使劲冲他做鬼脸、摇头的罗恩,问道。

"恐怕没办法了,赫敏,"海格抽抽搭搭地说,拼命忍住汹涌而下的泪水,"知道吗,在部落里……在阿拉戈克家族里……他们看到他病了,表现得很奇怪……有点儿不好控制了……"

"没错,我们当时就看出它们有那种倾向。"罗恩低声说。

"……我想,眼下除了我,不管谁走近那片地方都不安全。"海格说完,在围裙上使劲擤了擤鼻子,抬起了头,"不过谢谢你

第11章 赫敏出手相助

这么说,赫敏……这对我来说太重要了……"

在那之后,气氛就变得轻松多了,尽管哈利和罗恩都没有表示出愿意拿巨蟒蟠去喂一只凶狠残暴、体格庞大的蜘蛛,但海格似乎想当然地认为他们有这个意思,于是,他立刻恢复了常态。

"嗝,我早就知道你们会觉得很难把我塞进你们的课程表,"他粗声粗气地说,又给他们倒了些茶,"即使你们用上了时间转换器——"

"我们用不上了。"赫敏说,"夏天我们在魔法部时,把部里库存的时间转换器都砸碎了。《预言家日报》上写着呢。"

"嗝,所以呀,"海格说,"你们就没有办法了……对不起,我刚才——你们知道——我只是在为阿拉戈克担心……不过我确实有点怀疑,既然格拉普兰教授给你们上过课——"

他们三个听了这话,立刻言不由衷地声讨起了曾给海格代过几次课的格拉普兰教授,一口咬定她是一个特别糟糕的老师。结果,当黄昏降临,海格站在屋外同他们挥手告别时,他显得情绪高昂多了。

"我饿坏了。"小屋的门一关上,哈利便说道。他们匆匆走在昏暗的、空无一人的场地上。刚才他在吃岩皮饼时,一颗后槽牙不祥地嘎巴响了一下,他便赶紧把饼放下了。"我今天晚上还要到斯内普那里去关禁闭呢,没有多少时间吃晚饭了……"

他们进了城堡,正好看见考迈克·麦克拉根走进大礼堂。他走了两次才穿过那道门,第一次撞到门框上弹了回来。罗恩幸灾乐祸地大笑起来,跟在他后面大摇大摆地走进礼堂,哈利一把抓住赫敏的胳膊,把她拉了回来。

"怎么啦？"赫敏警觉地问。

"据我看，"哈利小声说，"麦克拉根像是中了混淆咒，而他当时就在你的座位前面。"

赫敏脸红了。

"噢，好吧，是我干的，"她小声说，"但是你真应该听听他是怎么议论罗恩和金妮的！而且，他脾气坏透了，你看见了他落选后是什么反应——你肯定不希望球队里有这么一个家伙。"

"对，"哈利说，"对，我想确实是这样。但那不是作弊吗，赫敏？我是说，你还是个级长呢，是不是？"

"哦，你小声点儿！"赫敏断喝道，哈利暗暗地笑了。

"你们俩在做什么？"罗恩问，他又回到礼堂的门口，脸上露出怀疑的神色。

"没什么。"哈利和赫敏同时说道，然后便匆匆跟着罗恩走了进去。烤牛排的香味使哈利的肚子饿得更难受了，可是，他们刚朝格兰芬多的餐桌走了两三步，斯拉格霍恩教授就出现在他们面前，挡住了他们的路。

"哈利，哈利，正是我希望见到的人！"他热情地大声说，鼓着大肚子，手指玩弄着海象胡须尖，"我就希望在吃饭前堵住你！今天晚上到我那里去吃一顿便饭如何？我们有一个小小的晚会，只请了几位冉冉升起的新星。我邀请了麦克拉根、沙比尼，还有迷人的梅林达·波宾——不知道你是不是认识她，她家里开着大型的连锁药店——还有，当然啦，我非常希望格兰杰小姐也能赏光。"

斯拉格霍恩说到最后，朝赫敏微微鞠了一躬，就好像罗恩根

第11章　赫敏出手相助

本不存在似的，看也没看他一眼。

"我不能来，教授，"哈利赶紧说道，"我要到斯内普教授那里去关禁闭。"

"哦，天哪！"斯拉格霍恩的脸一下子就拉长了，显得很滑稽，"天哪，天哪，我可就指望着你呢，哈利！好吧，我这就去找西弗勒斯谈谈，把情况解释一下，我相信我能说服他推迟你的禁闭。好，待会儿见，你们俩！"

他匆匆忙忙地走出了礼堂。

"他根本就不可能说服斯内普，"哈利等到斯拉格霍恩走得听不见了，便说道，"这个禁闭已经被推迟了一次。斯内普上回是看了邓布利多的面子，他绝不会再为任何人推迟了。"

"哦，我真希望你能来，我一个人可不想去！"赫敏焦虑地说。哈利知道她想起了麦克拉根。

"你恐怕不会一个人去的，金妮大概也受到了邀请。"罗恩没好气地说，斯拉格霍恩对他的忽视似乎令他耿耿于怀。

晚饭后，他们回到格兰芬多塔楼。这时候大部分同学都已经吃过晚饭，公共休息室里非常拥挤，但他们总算找到一张空桌子坐了下来。自从他们跟斯拉格霍恩碰过面后，罗恩就一直闷闷不乐。他抱着双臂，皱着眉头，望着天花板。赫敏伸手拿来别人扔在一把椅子上的一份《预言家晚报》。

"有什么新消息？"哈利问。

"没有什么……"赫敏已经打开报纸，浏览着上面的内容，"噢，罗恩，快看，这里有你爸爸——他没事！"罗恩惊慌地转过头来，赫敏赶紧加了一句，"报上只是说他去了马尔福家。对这位食死徒住所的第二次搜查似乎没有任何收获。伪劣防御咒及防护用品侦查收缴办公室的亚瑟·韦斯莱说，他的小组是在得到某人暗中透露的情报后才采取行动的。"

"对啊，那就是我！"哈利说，"我在国王十字车站跟他说了马尔福的事，还有马尔福想要博金替他修理的那件东西！嗯，既然不在他们家，他肯定把那东西带到了霍格沃茨——"

"他怎么可能办到呢，哈利？"赫敏说着放下报纸，脸上露出一副惊讶的表情，"我们进校时都被检查过的呀。"

"什么？"哈利吃惊地说，"我可没有！"

"噢，对了，你当然没有，我忘记你迟到了……唉，我们进入门厅时，费尔奇用探密器在我们全身上下扫了个遍。凡是黑魔法的物品都会被搜出来的，我就知道克拉布有一个干枯的人头被没收了。所以你看，马尔福不可能把危险的东西带进来！"

哈利暂时无话可说，他注视着金妮·韦斯莱逗弄那只侏儒蒲阿图，过了一会儿才想出了一句反驳的话。

"有人可以通过猫头鹰把东西寄给他，"他说，"他妈妈或其他什么人。"

"所有的猫头鹰也要受到检查。"赫敏说，"费尔奇用探密器到处乱捅时这么告诉我们的。"

哈利这次败下阵来，彻底无话可说了。看来，马尔福确实没有办法把危险物品或黑魔法物品带进学校。他期待地看了看罗恩，但罗恩抱着双臂坐在那里，看着那边的拉文德·布朗。

"你能想出马尔福用什么办法——？"

"哦，别提这件事了，哈利。"罗恩说。

第11章 赫敏出手相助

"听着,斯拉格霍恩邀请赫敏和我去参加他那愚蠢的晚会,这不是我的错,我们俩都不想去,你知道的!"哈利一下子火了,冲口而出。

"好吧,既然没有人邀请我去参加晚会,"罗恩说着站了起来,"我还是上床睡觉吧。"

他嘟嘟囔囔地朝男生宿舍的门口走去,哈利和赫敏呆呆地望着他的背影。

"哈利?"新任追球手德米尔扎·罗宾斯突然出现在他身边,"我有一个口信带给你。"

"斯拉格霍恩教授的?"哈利满怀希望地坐起身。

"不……是斯内普教授的,"德米尔扎说,哈利的心往下一沉,"他说你今晚八点半必须到他办公室去关禁闭——嗯——不管有多少人邀请你去参加晚会都是白搭。他还叫我通知你,你的任务是把腐烂的弗洛伯毛虫从好的里面挑出来,魔药课上要用——他还说你不用带防护手套。"

"好的,"哈利沉着脸说,"非常感谢,德米尔扎。"

第 12 章

银器和蛋白石

　　<big>邓</big>布利多去了哪儿？他在做什么？在接下来的几个星期里，哈利只见过校长两次。邓布利多很少在吃饭的时候露面，看来赫敏认为校长一次离开好几天的说法是对的。难道邓布利多忘记了他应该给哈利单独上课吗？邓布利多说过，那些课最终跟那个预言有关。哈利曾经觉得很受鼓舞，心里很踏实，现在却有点儿被遗弃的感觉。

　　十月中旬，他们第一次去霍格莫德村。由于学校周围的防范措施越来越严密，哈利本来以为不会允许他们去霍格莫德村了。现在知道还是要去，他心里很高兴。离开城堡散散心，哪怕只有几个小时也是愉快的。

　　去霍格莫德村的那天早晨，外面风雨交加，哈利醒得很早，翻看着那本《高级魔药制作》消磨早饭前的时间。平常他是不躺在床上看课本的，罗恩说得对，除了赫敏，这种行为放在任何人身上都显得不合适，但赫敏那么做无非是她的一种怪癖。不过哈利觉得，混血王子的那本《高级魔药制作》几乎不能算作课本。

第12章 银器和蛋白石

哈利越仔细研读那本书，越觉得里面内容丰富，不仅有容易操作的提示和快捷方法——正是这些让哈利赢得了斯拉格霍恩的热烈称赞，而且书的空白处还胡乱记着许多很有创意的小恶咒和小魔法，从那些涂涂改改的笔迹看，哈利断定这些都是王子自己发明的。

哈利已经尝试过王子发明的几个咒语。有一个恶咒是让人的趾甲噌噌地疯长（他在走廊上拿克拉布做了试验，效果有趣极了）；还有一个咒语是把人的舌头粘在上腭上（他在阿格斯·费尔奇身上用了两次，赢得了大家的热烈喝彩，而费尔奇还蒙在鼓里，毫无察觉）；最有用的要数闭耳塞听咒了，这个咒语能让周围每个人的耳朵里充满一种无法辨别的嗡嗡声，这样，在课堂上就能随心所欲地聊天，不怕被别人听见了。唯一觉得这些魔法不好玩的是赫敏，她始终板着脸，一副不以为然的样子，如果哈利对近旁的什么人施了闭耳塞听咒，她就干脆一句话也不说。

哈利坐在床上，把课本侧过来仔细研读那潦草的笔迹写出的一个咒语，王子似乎在这个咒语上费了不少脑筋。经过无数次的涂涂改改，最后在那一页的角落上挤挤挨挨地写了这么几个字：

倒挂金钟（无声）

狂风裹着雨夹雪，无情地打在窗户上，纳威很响地打着呼噜，哈利盯着括号里的那两个字。无声……肯定是指无声咒。哈利不知道自己能不能练成这个特殊的咒语。他对于无声咒仍然不能得心应手，斯内普在黑魔法防御术课上动不动拿这件事说三道四。

其实，王子教给哈利的东西比斯内普多得多。

哈利用魔杖随便指着一个地方，轻轻往上一挥，脑子里默念：倒挂金钟！

"啊啊啊啊啊！"

一道强光闪过，房间里乱成一团。罗恩发出一声惨叫，把大家都惊醒了。哈利惊慌地扔掉了《高级魔药制作》。罗恩头朝下悬在空中，似有一只无形的钩子钩住他的脚脖子，把他倒挂了起来。

"对不起！"哈利喊道，迪安和西莫放声大笑，纳威刚才摔到了地上，现在正慢慢地爬起来，"等等——我这就把你放下来——"

他摸到那本魔药书，慌乱地翻找刚才那一页。最后总算找到了，他在那个咒语下面辨认出挤成一团的几个字：哈利暗自祈祷这就是破解咒，然后集中意念，在脑子里念道：金钟落地！

又是一道强光闪过，罗恩掉在床上，摔成一堆。

"对不起。"哈利又轻声说了一遍，迪安和西莫还在那里放声大笑。

"我希望你明天还是上闹钟吧。"罗恩声音闷闷地说。

他们穿好衣服，在身上鼓鼓囊囊地套了几件韦斯莱夫人织的毛衣，拿上了斗篷、围巾和手套。罗恩已经从刚才的惊吓中缓过劲来，认为哈利的新咒语非常好玩。实际上，他觉得这个咒语太好玩了，他们刚坐下来吃早饭，他就迫不及待地把这件事讲给赫敏听。

"……然后又闪过一道亮光，我就掉回到床上了！"罗恩笑

第12章 银器和蛋白石

嘻嘻地说,一边动手给自己拿香肠。

赫敏听着,脸上没有一丝笑容,她板着冷冰冰的脸,不满地转向哈利。

"或许,这个咒语又是你那本魔药书里的吧?"她问。

哈利朝她皱起眉头。

"你总是一下子就得出最坏的结论,是吗?"

"到底是不是?"

"好吧……没错,是又怎么样?"

"你竟然决定拿一个手写的陌生咒语来做试验,看看会发生什么事?"

"手写的又怎么样?"哈利说,故意避重就轻,不回答其他问题。

"因为这可能是魔法部禁止使用的。"赫敏说。"而且,"她看到哈利和罗恩翻了翻眼珠,便又说道,"因为我开始觉得这个叫王子的家伙有点儿不可靠。"

哈利和罗恩同时喊她住口。

"那是闹着玩的!"罗恩把一瓶番茄酱倒过来浇在他的香肠上,说道,"只是闹着玩,赫敏,没什么大不了的!"

"钩住脚脖子把人倒挂起来?"赫敏问,"谁会花时间和精力编出这样的咒语呢?"

"弗雷德和乔治,"罗恩耸了耸肩膀说,"他们就爱搞这类玩意儿。还有,嗯——"

"我爸爸。"哈利说。他是刚刚想起来的。

"什么?"罗恩和赫敏同时说道。

"我爸爸使用过那个咒语。"哈利说,"我——卢平告诉我的。"

最后这句不是实话。实际上,哈利是亲眼看见他父亲给斯内普施了这个魔法,但他一直没有把他在冥想盆里的那段经历告诉罗恩和赫敏。眼下,他突然想起一种很奇妙的可能性。混血王子会不会就是——?

"或许你爸爸使用过它,哈利,"赫敏说,"但使用过它的不止你爸爸一个人。我们看见过一大堆人都在使用它,也许你已经忘记了。把人悬在半空,让他们昏昏沉沉、无能为力地在半空飘浮。"

哈利呆呆地望着她。他也想起了食死徒在魁地奇世界杯赛上的所作所为,不由得心往下一沉。罗恩出来给他解了围。

"那是两码事。"他坚定地说,"他们是在滥用这个魔法。哈利和他爸爸只是闹着玩儿。赫敏,你不喜欢王子,"他严肃地用香肠指着赫敏说道,"是因为他的魔药课学得比你好——"

"跟那个没有半点关系!"赫敏说,面颊一下子变得通红,"我只是认为,还不了解一种魔法是做什么用的就随便拿来使用,这是非常不负责任的。还有,别再一口一个'王子',就好像那是他的头衔似的,我敢说那只是一个愚蠢的外号,而且他给我的感觉不像是个正经人!"

"我不知道你这是从哪儿得到的印象。"哈利激动地说,"如果他未来要成为食死徒,就不会口口声声说自己是'混血'的了,是不是?"

哈利嘴里这么说,心里却想起他父亲是纯血统的,但他把这个念头从脑海里赶走,留待以后再去考虑……

第12章 银器和蛋白石

"食死徒不可能都是纯血统的,现在已经没有多少纯血统的巫师了。"赫敏固执地说,"我猜想他们大多数都是混血,却假装自己是纯血统。他们仇恨的只是麻瓜出身的人,他们肯定很愿意让你和罗恩入伙。"

"他们休想让我成为食死徒!"罗恩气愤地说,朝赫敏挥舞手里的叉子,结果叉子上的一小片香肠飞了出去,砸在厄尼·麦克米兰的脑袋上,"我们全家都背叛了自己的血统!在食死徒看来,这跟麻瓜出身一样糟糕!"

"他们倒是很愿意要我。"哈利讥讽地说,"要不是他们总想干掉我,说不定我跟他们还会成为铁哥们儿呢。"

罗恩笑了起来,就连赫敏也勉强露出了笑容,这时金妮出现,转移了他们的注意力。

"喂,哈利,有人让我把这个交给你。"

是一卷羊皮纸,上面是那种熟悉的细细长长、歪向一边的字体,写着哈利的名字。

"谢谢你,金妮……邓布利多又要给我上课了!"哈利又对罗恩和赫敏说,一边展开羊皮纸,飞快地扫了一遍上面的内容,"星期一晚上!"他觉得心情一下子变得轻松、愉快。"你跟我们一起去霍格莫德吗,金妮?"他问。

"我和迪安一起去——也许会在那儿见到你们。"她说完便朝他们挥挥手走了。

费尔奇和往常一样站在橡木大门口,一个个核对获准去霍格莫德村的同学的名字。这个时间比以往更漫长,因为费尔奇用他的探密器在每个人身上反复地测来测去。

"就算我们把黑魔法物品偷带出去又有什么关系？"罗恩忐忑不安地盯着那根细细长长的探密器，问道，"你恐怕应该检查我们带进来的东西吧？"

他出言不逊，结果被探密器额外多戳了几下，当他们走到外面的狂风和雨雪中时，他还疼得龇牙咧嘴呢。

步行去霍格莫德村的一路上很不舒服。哈利用围巾裹住脸的下半部，暴露在外的部分很快就被冻得生疼生疼，后来都发麻了。在通往村口的路上，到处可见弯着腰顶风前进的学生。哈利不止一次地怀疑，待在暖融融的公共休息室里可能会更愉快。当他们终于走到霍格莫德村时，却看见佐科笑话店被木板封死了，哈利认为这更证实了这趟旅行注定是毫无乐趣的。罗恩用戴着厚手套的手指着蜂蜜公爵糖果店，谢天谢地，那里还开着门，哈利和赫敏便跟着罗恩摇摇晃晃地朝那家拥挤的小店走去。

"感谢上帝，"弥漫着乳脂糖香味的温暖气息扑面而来，罗恩瑟瑟发抖地说，"我们就在这里待一个下午吧。"

"哈利，孩子！"他们身后响起一个洪钟般的声音。

"哦，糟糕。"哈利嘟囔道。他们三个一回头，看见了斯拉格霍恩教授，他戴着一顶硕大无比的毛绒帽子，身上是一件带有配套毛绒领子的大衣，手里攥着一大袋菠萝蜜饯，他至少占据了这个小店四分之一的空间。

"哈利，你已经错过我的三次小型晚餐会了！"斯拉格霍恩亲热地捅了捅哈利的胸口，"这可不行，孩子，我是铁了心要你来的！格兰杰小姐很喜欢这些晚会，是不是？"

"是的，"赫敏无奈地说，"它们确实——"

第 12 章 银器和蛋白石

"那你为什么不来呢,哈利?"斯拉格霍恩责问道。

"嗯,我要参加魁地奇训练呢,教授。"哈利说。确实,每次斯拉格霍恩给他送来一张小小的系着紫色绸带的请柬时,他就故意安排球队训练。这个策略能保证不把罗恩一个人撇下。他们还经常和金妮一道想象赫敏与麦克拉根、沙比尼被关在一起的情景,乐得哈哈大笑。

"好啊,训练得这么刻苦,你们的第一场比赛肯定能赢!"斯拉格霍恩说,"不过偶尔来点儿娱乐也没有害处。那么,星期一晚上怎么样?这种天气你们不可能训练的……"

"不行,教授,我——我——我那天晚上跟邓布利多教授约好了。"

"又是不巧!"斯拉格霍恩夸张地大叫了一声,"啊,好吧……你不可能永远躲着我,哈利!"

他架子十足地挥了挥手,大摇大摆地走出了糖果店,几乎没有注意到罗恩,就好像他只是店里陈列的一个蟑螂串。

"真不敢相信,居然又让你躲过了一次。"赫敏摇着头说,"其实并没有那么糟糕……有时候还蛮好玩的……"她突然看见罗恩脸上的表情。"哦,看——他们有高级糖棒羽毛笔——可以吮好几个小时呢!"

哈利庆幸赫敏改变了话题,他假装对这种新的超大型糖棒羽毛笔特别感兴趣,但罗恩还是显得闷闷不乐,当赫敏问他接下来想去哪里时,他只是耸了耸肩膀。

"我们去三把扫帚吧,"哈利说,"那里肯定暖和。"

他们重新用围巾把脸裹住,离开了糖果店。刚从暖融融、甜丝丝的蜂蜜公爵店里出来，凛冽的寒风刮在他们脸上，像刀子一样。街上比较冷清，没有人停下来闲聊天，大家都在匆匆赶路，直奔自己要去的地方。唯一例外的是他们前面的两个人。他们就站在三把扫帚的外面，其中一个很高很瘦，哈利眯起眼睛，透过被雨水打湿的眼镜认出他是霍格莫德村另一家酒吧——猪头酒吧里的男招待。哈利、罗恩和赫敏走近时，那男招待用斗篷裹紧脖子，转身走开了，只留下那个矮个子在摸索着怀里的什么东西。他们离那男人不到一步远了，哈利突然认出了他。

"蒙顿格斯！"

那个两腿外八字、留着一头乱糟糟的姜黄色长发的矮胖男人吓了一跳，怀里一只古色古香的小提箱掉在地上弹了开来，里面的东西五花八门，像是一家古董店整个橱窗里的物品。

"噢，你好，哈利，"蒙顿格斯·弗莱奇说，装出非常轻快的样子，却装得一点儿也不像，"别让我耽误了你的时间。"

他蹲在地上摸索着捡起箱子里的东西，一副巴不得马上离开的样子。

"你在卖这些东西？"哈利看着蒙顿格斯从地上抓起一堆各式各样、破破烂烂的东西，问道。

"唉，没办法，总得想办法糊口啊。"蒙顿格斯说，"把那个给我！"

罗恩正俯下身捡起一个银器。

"等等，"罗恩慢悠悠地说，"这个看着眼熟——"

"谢谢！"蒙顿格斯说着，一把从罗恩手里夺过那只高脚酒杯，塞进了箱子，"好了，咱们以后再见——**哎哟**！"

第12章 银器和蛋白石

哈利掐住蒙顿格斯的脖子,把他顶在酒吧的外墙上。他一只手紧紧地掐着他,另一只手拔出了魔杖。

"哈利!"赫敏惊叫道。

"这东西你是从小天狼星家里偷出来的,"哈利说,他与蒙顿格斯几乎鼻子碰鼻子,闻到了一股臭烘烘的烟草和烈酒的气味,"上面有布莱克家族的饰章。"

"我——没有——什么?"蒙顿格斯结结巴巴地说,脸慢慢涨成了猪肝色。

"你干了什么?在他死的那天夜里,你去把那个地方洗劫一空了?"哈利吼道。

"我——没有——"

"把它给我!"

"哈利,你不能!"赫敏尖叫着说,蒙顿格斯的脸已经发青了。

砰的一声巨响,哈利觉得自己双手从蒙顿格斯的脖子上弹开了。蒙顿格斯呼哧呼哧地喘着气,抓起掉在地上的箱子,然后——啪——幻影移形了。

哈利扯着嗓子叫骂,原地转着圈儿看蒙顿格斯跑到哪儿去了。

"回来,你这个贼——!"

"没有用了,哈利。"

唐克斯不知从哪儿冒了出来,灰褐色的头发被雨雪淋得湿漉漉的。

"蒙顿格斯这会儿大概已经到了伦敦。再嚷嚷也没有用了。"

"他偷了小天狼星的东西!他偷东西!"

"是啊,不过,"唐克斯说,似乎对这个消息完全无动于衷,"你们不应该待在这儿受冻。"

她看着他们进了三把扫帚酒吧的门。哈利一进酒吧就吼了起来："他在偷小天狼星的东西！"

"我知道，哈利，可是请你别再嚷嚷了，别人都在看你呢。"赫敏小声说，"快去坐下来，我给你端饮料。"

几分钟后，赫敏端着三瓶黄油啤酒回到他们的桌子旁，哈利还在那里气呼呼的。

"社里就不能管管蒙顿格斯吗？"哈利气愤地小声责问他们两个，"他在总部的时候，他们就不能管着他点儿？至少别让他把搬得走的东西都偷光啊！"

"嘘——"赫敏焦急地说，一边看看周围有没有人在偷听。坐在近旁的两个男巫怀着极大的兴趣盯着哈利，沙比尼懒洋洋地靠在不远处的一根柱子上。"哈利，换了我也会很生气的，我知道他偷的是你的东西——"

哈利被黄油啤酒呛了一口。他一时忘记了他已经是格里莫广场12号的主人。

"对啊，是我的东西！"他说，"怪不得他看见我那么心虚呢！哼，我要把这件事告诉邓布利多，他是蒙顿格斯唯一害怕的人。"

"好主意。"赫敏小声说，她显然很高兴看到哈利终于平静下来，"罗恩，你在盯着什么呢？"

"没什么。"罗恩说着慌忙把目光从吧台那儿挪开了，哈利知道他是想引起那位妩媚动人的老板娘——罗斯默塔女士的注意，罗恩已经暗暗喜欢她好长时间了。

"我想，你的那位'没什么'正在后面拿更多的火焰威士忌

第12章 银器和蛋白石

吧?"赫敏尖刻地说。

罗恩没理会这句嘲讽的话,一言不发地慢慢喝着黄油啤酒,显然以为自己这副派头很高贵、很深沉。哈利在想着小天狼星,他想起小天狼星当时是多么仇恨那些银质高脚酒杯。赫敏用手指敲着桌子,眼睛忽而望望罗恩,忽而望望吧台。

哈利刚把瓶里的啤酒喝完,赫敏就说:"今天就到这里,我们回学校吧?"

另外两个人点了点头。这趟旅行没有什么乐趣,再待下去,天气只会越来越糟糕。于是,他们又一次把斗篷裹得紧紧的,用围巾把脸挡住,戴上手套,跟在凯蒂·贝尔和一位朋友后面出了酒吧,顺着大路往回走。他们踩着路上被冻得硬邦邦的雪泥,步履艰难地朝霍格沃茨的方向走去,哈利没来由地想起了金妮。他们没有碰见她,哈利心想,她肯定和迪安一起舒舒服服地待在帕笛芙夫人的茶馆里呢,那是快乐的情侣们最爱去的地方。哈利皱起双眉,埋头顶着随风飞舞的雨雪,一步步艰难地往前走。

过了一会儿哈利才意识到,被风刮到他耳朵里的凯蒂·贝尔和她朋友的声音变得越来越响、越来越尖厉了。哈利眯起眼睛打量她们模糊的身影。两个女孩正为凯蒂手里的什么东西在争吵。

"这跟你没有关系,利妮!"哈利听见凯蒂说。

他们在小路上拐了一个弯,雨雪下得更密更急了,把哈利的眼镜弄得一片模糊。他用戴着手套的手擦拭着镜片,就在这时,利妮突然伸手去夺凯蒂拿的那包东西。凯蒂使劲往回一拽,东西掉在了地上。

一下子,凯蒂就升到了空中,她不像罗恩那样被可笑地钩住脚脖子倒挂起来，她的姿态非常优雅，双臂平伸，像是要飞起来似的。然而，她身上有一些怪异，有一些不对劲儿的地方……她的头发被猛烈的狂风吹得四下飘舞，但是一双眼睛紧闭着，脸上一点儿表情也没有。哈利、罗恩、赫敏和利妮都停住了脚步，呆呆地看着她。

然后，在离地面六英尺高的地方，凯蒂突然发出一声恐怖的尖叫。她的眼睛猛地睁开了，而她所能看见或感觉到的东西显然给她带来了可怕的痛苦。她一声接一声地尖叫。利妮也跟着叫了起来，她拽住凯蒂的脚脖子，拼命想把她拖回地面。哈利、罗恩和赫敏也冲过去帮忙。就在他们抓住凯蒂的双腿时，她一下子落到他们身上。哈利和罗恩总算把她抱住了，但她扭动得太厉害，他们简直控制不住她。于是，他们就把她放到了地上。她剧烈地扭动着，失声惨叫，显然认不出他们中的任何一个了。

哈利看看周围，四下里一个人也没有。

"你们待在这儿！"他在呼啸的狂风中对另外几个人喊道，"我去叫人来帮忙！"

哈利撒腿朝学校的方向跑去。他以前从没见过有谁像凯蒂这样，想不出究竟是怎么回事。他飞快地拐过一个弯道，却跟一个庞然大物撞了个满怀，那家伙像是一头靠后腿站立的大熊。

"海格！"哈利摔进了一片树篱中，他喘着气，挣扎着钻出来叫道。

"哈利！"海格说，他的眉毛和胡子上都沾着雨雪，身上穿着那件巨大无比、邋里邋遢的海狸皮大衣，"我去看格洛普了，他进步可快了，你都——"

第12章 银器和蛋白石

"海格,那边有人受伤了,也许是中了魔咒什么的——"

"什么?"海格俯下身听哈利说话,狂风的声音太响了。

"有人中了魔咒!"哈利扯开嗓子喊道。

"中了魔咒?谁中了魔咒——不是罗恩?赫敏?"

"不,不是他们,是凯蒂·贝尔——在这边……"

他们一起顺着小路往回跑,很快就看见那一小群人围在凯蒂身边。凯蒂仍然躺在地上扭动、惨叫,罗恩、赫敏和利妮都在想办法使她安静下来。

"闪开!"海格喊道,"让我看看!"

"她出事了!"利妮哭泣着说,"我不知道是怎么——"

海格盯着凯蒂看了一秒钟,然后一言不发地弯腰把她抱起来,转身就朝城堡的方向跑去。几秒钟后,凯蒂的尖叫声就听不见了,四下里只有狂风的阵阵呼啸。

赫敏匆匆走到凯蒂那位号啕大哭的朋友身边,伸出胳膊搂住了她。

"你是利妮,是吗?"

姑娘点了点头。

"这件事是突然发生的,还是——?"

"那个包裹一撕开就出事了。"利妮抽抽搭搭地说,指着地上那个已经湿透的牛皮纸包。纸包裂开了,里面有什么东西发出绿莹莹的光。罗恩弯下腰伸出手去,哈利一把抓住他的胳膊,把他拉了回来。

"别碰它!"

哈利蹲下身。他看见纸包里露出一条华丽的蛋白石项链。

"我见过它，"哈利注视着那东西说，"它很久以前陈列在博金－博克店里。商标上说它带着魔咒。凯蒂肯定是碰到它了。"他抬头看着利妮，利妮这会儿已经全身抖得无法控制，"凯蒂是怎么弄到这东西的？"

"唉，我们刚才就为这个争吵来着。她从三把扫帚的厕所里出来时，手里就拿着它，说那是送给霍格沃茨什么人的礼物，由她转交。她说话的时候表情很奇怪……哦，糟糕，哦，糟糕，她肯定是中了夺魂咒，我当时没有意识到！"

利妮又哭得浑身发抖。赫敏轻轻拍着她的肩膀。

"她没有说是谁给她的吗，利妮？"

"没有……她不肯告诉我……我说她昏了头，这东西绝不能拿到学校去，可她就是不听，后来……后来我想把东西从她手里抢过来……后来——后来——"利妮发出一声绝望的尖叫。

"我们最好赶紧回学校去，"赫敏仍然搂着利妮说，"这样就能弄清她现在怎么样了。走吧……"

哈利迟疑了一会儿，把脸上裹的围巾解了下来，他没有理会罗恩的惊叫，小心翼翼地用围巾裹住那条项链，把它捡了起来。

"我们需要把这个拿给庞弗雷女士看看。"他说。

他们跟着赫敏和利妮往前走，哈利心里苦苦思索着。刚走进学校的场地，他就忍不住把自己的想法说了出来。

"马尔福知道这条项链。它四年前就在博金－博克店的一只匣子里，当时我藏在店里，躲避马尔福和他爸爸，我看见马尔福仔细打量过它。我们跟踪他的那天，他想买的就是这个东西！他对它念念不忘，想回去把它买下来！"

第12章 银器和蛋白石

"我——我看不见得吧,哈利,"罗恩犹豫不决地说,"去博金-博克店的人多着呢……而且,那女生不是说凯蒂是在女厕所里拿到项链的吗?"

"她说凯蒂从厕所出来时手里拿着项链,并没说是在厕所里拿到的——"

"麦格来了!"罗恩警告说。

哈利抬头一看,果然,麦格教授冒着随风飞旋的雨雪匆匆走下石头台阶来迎他们了。

"海格说你们四个人看见了凯蒂·贝尔出事的经过——请立刻到楼上我的办公室来一趟!你手里拿的什么,波特?"

"就是凯蒂碰的那个东西。"哈利说。

"天哪,"麦格教授说着从哈利手里接过项链,神色显得十分紧张,"不,不,费尔奇,他们是跟我在一起的!"她看见费尔奇举着探密器,兴致勃勃、踢踏踢踏地从门厅走来,便赶紧对他说,"立刻把这条项链拿去给斯内普教授,千万不要碰它,就让它一直包在围巾里!"

哈利和其他几个人跟着麦格教授,上楼走进了她的办公室。溅满雨雪的窗玻璃在窗框里咔咔作响,尽管炉栅里噼噼啪啪地燃着旺火,屋里还是很冷。麦格教授关上门,快步绕到桌子后面,看着哈利、罗恩、赫敏和仍然哭个不停的利妮。

"说吧,"她严厉地说,"怎么回事?"

利妮结结巴巴地说开了,因为哭得控制不住,中间停顿了好几次。她告诉麦格教授,凯蒂怎么在三把扫帚酒吧去了一趟厕所,回来时怎么显得有点怪怪的,手里拿着那个没有任何标记的包裹;

她们俩怎么争吵，因为她认为凯蒂不应该答应转交一件不知名的东西；争吵到最激烈的时候，两人便开始抢夺那个包裹，结果包裹被扯开了。说到这里，利妮情绪完全崩溃了，再也说不出一个字来。

"好了，"麦格教授不失温和地说，"利妮，你到校医院去，让庞弗雷女士给你点儿药压压惊。"

利妮走后，麦格教授转向哈利、罗恩和赫敏。

"凯蒂碰了那条项链后发生了什么？"

"她升到了空中，"哈利抢在罗恩和赫敏前面说，"然后开始尖叫，接着便掉了下来。教授，请问我能见见邓布利多教授吗？"

"校长出去了，要星期一才回来，波特。"麦格教授显得很惊讶，说道。

"出去了？"哈利气恼地重复了一遍。

"是的，波特，出去了！"麦格教授尖刻地说，"但是我认为，关于这件可怕的事情，你有什么要说的都可以跟我说！"

一刹那间，哈利有些犹豫。他好像很难对麦格教授推心置腹。而邓布利多尽管在许多方面令人生畏，却似乎不太可能对某个想法嗤之以鼻，不管这个想法多么荒唐离奇。然而，这是一件生死攸关的事，没有工夫考虑是否会遭到嘲笑了。

"我认为是德拉科·马尔福给了凯蒂那条项链，教授。"

站在他一侧的罗恩尴尬地揉着鼻子；站在他另一侧的赫敏把脚在地上滑来滑去，似乎巴不得跟哈利保持一定的距离。

"这是一个很严重的指控，波特，"麦格教授惊愕地停顿了一下，说道，"你有证据吗？"

第12章 银器和蛋白石

"没有,"哈利说,"但是……"他把那天跟踪马尔福到博金-博克店,偷听到他和博金之间的那段对话告诉了麦格教授。

他说完后,麦格教授显得有点儿迷惑。

"马尔福把一件东西拿到博金-博克店去修理?"

"不,教授,他只是要博金告诉他怎么修理一件东西,并没有把它带去。但问题不在这里,问题是他同时还买了一件东西,我认为就是那条项链——"

"你看见马尔福离开商店时拿着那样一个包裹?"

"不,教授,他叫博金替他保存在店里——"

"可是,哈利,"赫敏打断了他的话,"博金问他是不是想把东西拿走,马尔福说'不'——"

"因为他不想碰那东西,这还用说吗!"哈利生气地说。

"他的原话是:'我拿着它走在街上像什么话?'"赫敏说。

"是啊,他拿着一条项链确实会显得很傻。"罗恩插嘴说。

"哦,罗恩,"赫敏绝望地说,"项链肯定是包起来的,他用不着碰到它,而且很容易藏在斗篷内侧的口袋里,没有人会看得见!我认为他保存在博金-博克店里的那件东西要么体积很大,要么会发出很响的动静,他知道如果带着那东西在街上走,肯定会引起别人的注意——而且,"她不让哈利有机会打断她,只顾大声地往下说,"我向博金打听过那条项链,记得吗?当时我走进店里,想弄清马尔福要他保存什么,我看见项链还在那儿。博金告诉了我项链的价钱,并没有说已经卖出去了——"

"嘿,你做得太显眼了,他五秒钟内就发现了你想干什么,自然不会告诉你啦——而且,马尔福可以通过邮购的方式——"

"够了！"赫敏刚想张嘴反驳，麦格教授就气呼呼地说道，"波特，感谢你告诉我这些，但我们不能因为马尔福先生光顾过那家可能卖出这条项链的商店，就随随便便地指责他。去过那家商店的可能有好几百人——"

"——我也是这么说的——"罗恩嘟囔道。

"——而且，今年我们加强了严密的安全防范措施，我不相信那条项链会在我们不知道的情况下进入这所学校——"

"可是——"

"——还有一点，"麦格教授以一种斩钉截铁的口气说，"马尔福先生今天没有去霍格莫德村。"

哈利呆呆地望着她，顿时泄了气。

"你怎么知道的，教授？"

"因为他在我这里关禁闭呢。他已经接连两次没有完成变形课的作业。好了，波特，感谢你把你的怀疑告诉了我，"她大步从他们身边走过，"但是我现在要去医院看看凯蒂·贝尔。祝你们愉快。"

她打开办公室的门。他们别无选择，只好一言不发地挨个儿从她身边走了出去。

哈利很生罗恩和赫敏的气，因为他们跟麦格站在一边。不过，当他俩开始谈论刚才发生的事情时，他还是不由自主地加入了进去。

"那么，你们认为凯蒂要把那条项链交给谁呢？"他们上楼去公共休息室时，罗恩问道。

"只有天知道了，"赫敏说，"不过，不管那个人是谁，这次

第12章 银器和蛋白石

都是侥幸逃脱。只要打开那个包裹,就肯定会碰到项链。"

"许多人都有可能。"哈利说,"邓布利多——食死徒巴不得摆脱他呢,他肯定是他们的首选目标;或者斯拉格霍恩——邓布利多认为伏地魔很想把他拉过去,现在他们看到他站到了邓布利多一边,肯定很不高兴;或者——"

"或者是你。"赫敏很焦虑地说。

"不可能,"哈利说,"要是那样的话,凯蒂只要在路上转个身,直接交给我就行了,不是吗?从三把扫帚出来后,我就一直走在她后面。费尔奇对每个进出霍格沃茨的人都要搜查一番,凯蒂在校外把包裹交给我不是要明智得多吗?我不明白马尔福为什么要叫她把项链带进城堡。"

"哈利,马尔福不在霍格莫德村!"赫敏说,她无奈地跺着脚。

"那他肯定还有一个同谋,"哈利说,"克拉布或高尔——对了,说不定是另一个食死徒,现在马尔福肯定有一大堆比克拉布和高尔更像样的哥们儿了,因为他已经加入——"

罗恩和赫敏交换了一个目光,显然是说"跟他争论没用"。

"杏仁鸡羹!"赫敏果断地说,这时他们已经来到胖夫人跟前。

肖像向前旋开,放他们进了公共休息室。休息室里挤满了人,弥漫着湿衣服的气味。由于天气恶劣,许多人似乎都提早从霍格莫德村回来了。不过,人们并没有惊慌地窃窃私语,做出各种猜测,看来凯蒂惨遭厄运的消息还没有传开。

"仔细想想,这次下手其实安排得并不巧妙。"罗恩大大咧咧地把一个一年级同学从火边一把好椅子上赶开,自己坐了下来,"那个魔咒连城堡的大门都没能进入,这种安排可不能算万无一失。"

"你说得对，"赫敏说着，用脚把罗恩从椅子上赶走，让那个一年级同学重新坐了下来，"这确实不是一个很周密的计划。"

"马尔福什么时候算得上世界一流的思想家了？"哈利问。

罗恩和赫敏都没有理睬他。

第 13 章

神秘的里德尔

凯蒂第二天就转到圣芒戈魔法伤病医院去了，这时候，她中魔咒的消息已经在学校里传遍，不过大家并不清楚具体细节，除了哈利、罗恩、赫敏和利妮，似乎谁也不知道凯蒂本人并不是那条项链预期的攻击目标。

"噢，马尔福当然也知道。"哈利对罗恩和赫敏说，他俩每次听见哈利提到"马尔福是食死徒"的想法，都只好继续装聋作哑。

邓布利多不知道去了哪儿，哈利甚至怀疑他星期一晚上不能赶回来给他上课。不过既然没有收到取消上课的通知，他还是在晚上八点钟准时出现在邓布利多的办公室外面。他轻轻敲了敲门，里面有声音请他进去。邓布利多坐在那里，显得特别疲惫，那只手还像以前一样焦黑干枯，但是他脸上带着微笑，示意哈利坐下。冥想盆又一次放在桌上，将星星点点的银色光斑投射在天花板上。

"我出去的这段时间，你很忙碌啊。"邓布利多说，"你亲眼看见了凯蒂出事的情景。"

"是的，先生。她怎么样了？"

"情况还很不好,不过还算幸运。她似乎只是一小块皮肤碰到了项链:她的手套上有一个小洞。如果她把项链戴在脖子上,或哪怕是用不戴手套的手拿起项链,她都会死去,也许当场就毙命了。幸好斯内普教授很有办法,阻止了魔咒的快速传播——"

"为什么是他?"哈利立刻问道,"为什么不是庞弗雷女士?"

"没礼貌。"墙上一幅肖像里传出一个轻轻的声音,菲尼亚斯·奈杰勒斯·布莱克——小天狼星的曾曾祖父,刚才趴在胳膊上似乎睡着了,这会儿正好抬起头来,"想当年,我可不允许一位学生对霍格沃茨的管理方式提出异议。"

"是的,谢谢你,菲尼亚斯。"邓布利多息事宁人地说,"哈利,斯内普教授在黑魔法方面的知识比庞弗雷女士丰富得多。而且,圣芒戈魔法伤病医院的工作人员每小时都在向我汇报情况,我相信凯蒂很快就有希望完全恢复。"

"你这个周末去哪儿了,先生?"哈利问,他知道自己有点得寸进尺,但他豁出去了,菲尼亚斯·奈杰勒斯显然也觉得哈利太过分了,轻轻地发出嘘声。

"目前我还不想说,"邓布利多说,"不过,以后在适当的时候我会告诉你的。"

"会吗?"哈利惊异地问。

"会,我想会的。"邓布利多说着从长袍里掏出一个装着银白色记忆的新瓶子,用魔杖一捅,拔出了木塞。

"先生,"哈利犹豫不决地说,"我在霍格莫德村看见蒙顿格斯了。"

"啊,是的,我已经发现蒙顿格斯不把你继承的遗产当回事,

第13章 神秘的里德尔

经常顺手牵羊。"邓布利多微微皱着眉头说,"自从你在三把扫帚酒吧外面跟他说过话之后,他就藏起来了。我想他是不敢见我了吧。不过你放心,他再也不会把小天狼星留下的东西偷走了。"

"那个卑鄙的老杂种竟敢偷布莱克家的祖传遗物?"菲尼亚斯·奈杰勒斯恼火地说,然后大步走出了相框,无疑是去拜访他在格里莫广场12号的那幅肖像了。

"教授,"哈利在短暂的停顿之后说,"麦格教授有没有把我在凯蒂受伤后对她说的话告诉你?关于德拉科·马尔福的那些话?"

"是的,她对我说了你的怀疑。"邓布利多说。

"那么你——?"

"凡是在凯蒂事故中有嫌疑的人,我都要对其进行深入细致的调查。"邓布利多说,"可是,哈利,我现在关心的是我们的课。"

哈利听了这话感到有点恼火。既然他们的课这么重要,为什么第一堂课和第二堂课之间隔了这么长时间?不过,他没有就德拉科·马尔福的事再说什么,而是注视着邓布利多把那些新的记忆倒进冥想盆,然后用细长的双手端起石盆轻轻转动。

"关于伏地魔的早期经历,我想你一定还记得,我们上次说到那位英俊的麻瓜——汤姆·里德尔抛弃了他的女巫妻子梅洛普,回到了他在小汉格顿村的老家。梅洛普独自待在伦敦,肚子里怀着那个日后将成为伏地魔的孩子。"

"你怎么知道她在伦敦呢,先生?"

"因为有卡拉克塔库斯·博克提供的证据。"邓布利多说,"说来真是无巧不成书,他当年协助创办的一家商店,正是出售我们所说的那条项链的店铺。"

他晃动着冥想盆里的东西,就像淘金者筛金子一样,哈利以前看见他这么做过。那些不断旋转的银白色物质中浮现出一个小老头儿的身影,他在冥想盆里慢慢旋转,苍白得像幽灵一样,但比幽灵更有质感,他的头发非常浓密,把眼睛完全遮住了。

"是的,我们是在很特殊的情况下得到它的。一位年轻的女巫在圣诞节前把它拿来,说起来那已经是很多年前的事了。她说她急需要钱,是啊,那是再明显不过了。她衣衫褴褛,面容憔悴……还怀着身孕,就快生了。她说那个挂坠盒以前是斯莱特林的。咳,我们成天听到这样的鬼话:'噢,这是梅林的东西,真的,是他最喜欢的茶壶。'可是我仔细一看,挂坠盒上果然有斯莱特林的标记,我又念了几个简单的咒语就弄清了真相。当然啦,那东西简直价值连城。那女人似乎根本不知道它有多值钱,只卖了十个加隆就心满意足了。那是我们做的最划算的一笔买卖!"

邓布利多格外用力地晃了晃冥想盆,卡拉克塔库斯又重新回到他刚才出现的地方,沉入旋转的记忆之中。

"他只给了她十个加隆?"哈利愤愤不平地说。

"卡拉克塔库斯·博克不是一个慷慨大方的人。"邓布利多说,"这样我们便知道,梅洛普在怀孕后期,独自一个人待在伦敦,迫切地需要钱,不得不卖掉她身上唯一值钱的东西——那个挂坠盒,也是马沃罗非常珍惜的一件传家宝。"

"但是她会施魔法呀!"哈利性急地说,"她可以通过魔法给自己弄到食物和所有的东西,不是吗?"

"嗬,"邓布利多说,"也许她可以。不过我认为——我这又

第13章 神秘的里德尔

是在猜测,但我相信我是对的——我认为梅洛普在被丈夫抛弃之后,就不再使用魔法了。她大概不想再做一个女巫。当然啦,也有另一种可能,她那得不到回报的爱情以及由此带来的绝望,大大削弱了她的力量。那样的事情是会发生的。总之,你待会儿就会看到,梅洛普甚至不肯举起魔杖拯救自己的性命。"

"她甚至不愿意为了她的儿子活下来吗?"

邓布利多扬起了眉毛。

"莫非你竟然对伏地魔产生了同情?"

"不,"哈利急忙说道,"但是梅洛普是可以选择的,不是吗?不像我妈妈——"

"你妈妈也是可以选择的。"邓布利多温和地说,"是的,梅洛普·里德尔选择了死亡,尽管有一个需要她的儿子,但是,哈利,不要对她求全责备吧。长期的痛苦折磨使她变得十分脆弱,而且她一向没有你妈妈那样的勇气。好了,现在请你站起来……"

"我们去哪儿?"哈利问,这时邓布利多走过来和他一起站在桌前。

"这次,"邓布利多说,"我们要进入我的记忆。我想,你会发现它不仅细节生动,而且准确无误。你先来,哈利……"

哈利朝冥想盆俯下身,他的脸扎入盆中冰冷的记忆,然后他又一次在黑暗中坠落……几秒钟后,他的双脚踩到了坚实的地面,他睁开眼睛,发现他和邓布利多站在伦敦一条繁忙的老式街道上。

"那就是我。"邓布利多指着前面一个高高的身影欢快地说,那人正在一辆马拉的牛奶车前面横穿马路。

这位年轻的阿不思·邓布利多的长头发和长胡子都是赤褐色

的。他来到马路这一边，顺着人行道大步流星地往前走，身上那件考究的紫红色天鹅绒西服吸引了许多好奇的目光。

"好漂亮的衣服，先生。"哈利不假思索地脱口说道，邓布利多只是轻声笑了笑。他们不远不近地跟着年轻的邓布利多，最后穿过一道大铁门，走进了一个空荡荡的院子。

院子后面是一座四四方方、阴森古板的楼房，四周围着高高的栏杆。他走上通向前门的几级台阶，敲了一下门。过了片刻，一个系着围裙的邋里邋遢的姑娘把门打开了。

"下午好，我跟一位科尔夫人约好了，我想，她是这里的总管吧？"

"哦，"那个姑娘满脸困惑地说，一边用锐利的目光打量着邓布利多那一身古怪的行头，"嗯……等一等……**科尔夫人！**"她扭头大声叫道。

哈利听见远处有个声音大喊着回答了她。那姑娘又转向了邓布利多。

"进来吧，她马上就来。"

邓布利多走进一间铺着黑白瓷砖的门厅。整个房间显得很破旧，但是非常整洁，一尘不染。哈利和老邓布利多跟了进去。大门还没在他们身后关上，就有一个瘦骨嶙峋、神色疲惫的女人快步朝他们走来。她的面部轮廓分明，看上去与其说是凶恶，倒不如说是焦虑。她一边朝邓布利多走来，一边扭头吩咐另一个系着围裙的帮手。

"……把碘酒拿上楼给玛莎，比利·斯塔布斯把他的痂都抓破了，埃里克·华莱的血弄脏了床单——真倒霉，竟染上了水痘！"

第13章 神秘的里德尔

她像是对着空气说话,这时她的目光落在了邓布利多身上。她猛地刹住脚步,一脸惊愕,仿佛看见一头长颈鹿迈过了她的门槛。

"下午好。"邓布利多说着伸出了手。

科尔夫人目瞪口呆地看着他。

"我叫阿不思·邓布利多。我给您写过一封信,请求您的约见,您非常仁慈地邀请我今天过来。"

科尔夫人眨了眨眼睛。她似乎这才认定邓布利多不是她的幻觉,便强打起精神说道:"噢,对了。好——好吧——你最好到我的房间里来。是的。"

她领着邓布利多走进一间好像半是客厅半是办公室的小屋。这里和门厅一样简陋寒酸,家具都很陈旧,而且不配套。她请邓布利多坐在一把摇摇晃晃的椅子上,她自己则坐到一张杂乱不堪的桌子后面,紧张地打量着他。

"我信上已经对您说了,我来这里,是想跟您商量商量汤姆·里德尔的事,给他安排一个前程。"邓布利多说。

"你是他的亲人?"科尔夫人问。

"不,我是一位教师,"邓布利多说,"我来请汤姆到我们学校去念书。"

"那么,这是一所什么学校呢?"

"校名是霍格沃茨。"邓布利多说。

"你们怎么会对汤姆感兴趣呢?"

"我们认为他具有我们寻找的一些素质。"

"你是说他赢得了一份奖学金?怎么会呢?他从来没有报名申请过啊。"

"噢，他一出生，我们学校就把他的名字记录在案——"

"谁替他注册的呢？他的父母？"

毫无疑问，科尔夫人是一个非常精明、让人感到有些头疼的女人。邓布利多显然也是这么认为，哈利看见他从天鹅绒西服的口袋里抽出了魔杖，同时从科尔夫人的桌面上拿起一张完全空白的纸。

"给。"邓布利多说着把那张纸递给了她，一边挥了一下魔杖，"我想，您看看这个就全清楚了。"

科尔夫人的眼神飘忽了一下，随即又变得专注，她对着那张空白的纸认真地看了一会儿。

"看来是完全符合程序的。"她平静地说，把纸还给了邓布利多。然后她的目光落在一瓶杜松子酒和两只玻璃杯上，那些东西几秒钟前肯定不在那儿。

"嗯——我可以请你喝一杯杜松子酒吗？"她用一种特别温文尔雅的声音说。

"非常感谢。"邓布利多笑眯眯地说。

很明显，科尔夫人喝起杜松子酒来可不是个新手。她把两个人的杯子斟得满满的，一口就把自己那杯喝得精光。她不加掩饰地咂巴咂巴嘴，第一次朝邓布利多露出了微笑，邓布利多立刻趁热打铁。

"不知道你是不是可以跟我说说汤姆·里德尔的身世？他好像是在这个孤儿院里出生的吧？"

"没错，"科尔夫人说着又给自己倒了一些杜松子酒，"那件事我记得清清楚楚，因为我当时刚来这里工作。当时是新年前夜，

第13章 神秘的里德尔

外面下着雪，冷得要命。一个天气恶劣的夜晚。那个姑娘，年纪比我当时大不了多少，跟跟跄跄地走上前门的台阶。咳，这种事儿我们经历得多了。我们把她搀了进来，不到一小时她就生下了孩子。又过了一小时，她就死了。"

科尔夫人意味深长地点了点头，又喝了一大口杜松子酒。

"她临死前说过什么话没有？"邓布利多问，"比如，关于那男孩的父亲？"

"是啊，她说过。"科尔夫人手里端着杜松子酒，面前是一位热心的听众，这显然使她来了兴致。

"我记得她对我说：'我希望他长得像他爸爸。'说老实话，她这么希望是对的，因为她本人长得不怎么样——然后，她告诉我，孩子随他父亲叫汤姆，中间的名字随她自己的父亲叫马沃罗——是啊，我知道，这名字真古怪，对吧？我们怀疑她是马戏团里的人——她又说那男孩的姓是里德尔。然后她没有再说什么，很快就死了。

"后来，我们就按照她说的给孩子起了名字，那可怜的姑娘似乎把这看得很重要，可是从来没有什么汤姆、马沃罗或里德尔家的人来找这个孩子，也不见他有任何亲戚，所以他就留在了孤儿院里，一直到今天。"

科尔夫人几乎是心不在焉地又给自己倒了满满一杯杜松子酒。她的颧骨上泛起两团红晕。然后她说："他是个古怪的孩子。"

"是啊，"邓布利多说，"我也猜到了。"

"他还是婴儿的时候就很古怪，几乎从来不哭。后来长大了一些，他就变得很……怪异。"

"怪异，哪方面怪异呢？"邓布利多温和地问。

"是这样，他——"

科尔夫人突然顿住，她越过杜松子酒杯朝邓布利多投去询问的目光，那目光一点儿也不恍惚或糊涂。

"他肯定可以到你们学校去念书，是吗？"

"肯定。"邓布利多说。

"不管我说什么，都不会改变这一点？"

"不会。"邓布利多说。

"不管怎样，你都会把他带走？"

"不管怎样。"邓布利多严肃地保证。

科尔夫人眯起眼睛看着他，似乎在判断要不要相信他。最后她显然认为他是可以相信的，于是突然脱口说道："他让别的孩子感到害怕。"

"你是说他喜欢欺负人？"邓布利多问。

"我想肯定是这样，"科尔夫人微微皱着眉头说，"但是很难当场抓住他。出过一些事故……一些恶性事件……"

邓布利多没有催她，但哈利可以看出他很感兴趣。科尔夫人又喝了一大口杜松子酒，面颊上的红晕更深了。

"比利·斯塔布斯的兔子……是啊，汤姆说不是他干的，我也认为他不可能办得到，可说是这么说，那兔子总不会自己吊在房梁上吧？"

"是啊，我也认为不会。"邓布利多轻声说。

"但是我死活也弄不清他是怎么爬到那上面去干这件事的。我只知道他和比利前一天吵过一架。还有后来——"科尔夫人又

第13章 神秘的里德尔

痛饮了一口杜松子酒,这次洒了一些流到下巴上,"夏天出去郊游——你知道的,每年一次。我们带他们到郊外或者海边——从那以后,艾米·本森和丹尼斯·毕肖普就一直不大对劲儿,我们问起来,他们只说是跟汤姆·里德尔一起进过一个山洞。汤姆发誓说是去探险,可是在那里面肯定发生了一些什么事。我可以肯定。此外还有许多许多的事情,稀奇古怪……"

她又看着邓布利多,她虽然面颊酡红,目光却很沉着。

"我想,没多少人会舍不得他离开这儿的。"

"我相信您肯定明白,我们不会一直让他待在学校,"邓布利多说,"至少每年暑假他还会回到这儿。"

"噢,没问题,那也比被人用生锈的拨火棍抽鼻子强。"科尔夫人轻轻打着酒嗝说。她站了起来,哈利惊异地发现,尽管瓶里的杜松子酒已经少了三分之二,她的腿脚仍然很稳当。"我猜你一定很想见见他吧?"

"确实很想。"邓布利多说着也站了起来。

科尔夫人领着他出了办公室,走上石头楼梯,一边走一边大声地吩咐和指责她的帮手和孩子们。哈利看到那些孤儿都穿着清一色的浅灰色束腰袍子。他们看上去都得到了合理的精心照顾,但是毫无疑问,在这个地方成长,气氛是很阴沉压抑的。

"我们到了。"科尔夫人说,他们在三楼的楼梯平台上拐了个弯,在一条长长走廊的第一个房间门口停住了。她敲了两下门,走了进去。

"汤姆?有人来看你了。这位是邓布顿先生——对不起,是邓德波先生。他来告诉你——唉,还是让他自己跟你说吧。"

哈利和两个邓布利多一起走进房间,科尔夫人在他们身后关上了门。这是一间空荡荡的、没有任何装饰的小屋,只有一个旧衣柜、一把木椅子和一张铁床。一个男孩坐在灰色的毛毯上,两条长长的腿伸在前面,手里拿着一本书在读。

汤姆·里德尔的脸上看不到一点儿冈特家族的影子。梅洛普的遗言变成了现实:他简直就是他那位英俊的父亲的缩小版。对十一岁的孩子来说,他的个子算高的,黑黑的头发,脸色苍白。他微微眯起眼睛,打量着邓布利多怪异的模样和装扮。一时间没有人说话。

"你好,汤姆。"邓布利多说着,走上前伸出了手。

男孩迟疑了一下,然后伸出手握了握。邓布利多把一把硬邦邦的木头椅子拉到里德尔身边,这样一来,他们俩看上去就像是一位住院病人和一位探视者。

"我是邓布利多教授。"

"'教授'?"里德尔重复了一句,露出很警觉的神情,"是不是就像'医生'一样?你来这里做什么?是不是她叫你来给我检查检查的?"

他指着刚才科尔夫人离开的房门。

"不,不是。"邓布利多微笑着说。

"我不相信你。"里德尔说,"她想让人来给我看看病,是不是?说实话!"

最后三个字他说得凶狠响亮,气势吓人。这是一句命令,看来他以前多次下过这种命令。他突然睁大眼睛,狠狠地盯着邓布利多,而邓布利多没有回答,只是继续和蔼地微笑着。过了几秒钟,

第13章 神秘的里德尔

里德尔的目光松弛下来，但看上去似乎更警觉了。

"你是谁？"

"我已经告诉你了。我是邓布利多教授，我在一所名叫霍格沃茨的学校工作。我来邀请你到我的学校——你的新学校去念书，如果你愿意的话。"

听了这话，里德尔的反应大大出人意料。他腾地从床上跳起来，后退着离开邓布利多，神情极为恼怒。

"你骗不了我！你是从疯人院来的，是不是？'教授'，哼，没错——告诉你吧，我不会去的，明白吗？那个该死的老妖婆才应该去疯人院呢。我根本没把小艾米·本森和丹尼斯·毕肖普怎么样，你可以自己去问他们，他们会告诉你的！"

"我不是从疯人院来的，"邓布利多耐心地说，"我是个老师，如果你能心平气和地坐下来，我就跟你说说霍格沃茨的事儿。当然啦，如果你不愿意去那所学校，也没有人会强迫你——"

"我倒想看看谁敢！"里德尔轻蔑地说。

"霍格沃茨，"邓布利多继续说道，似乎没有听见里德尔的最后那句话，"是一所专门为具有特殊才能的人开办的学校——"

"我没有疯！"

"我知道你没有疯。霍格沃茨不是一所疯子学校，而是一所魔法学校。"

沉默。里德尔呆住了，脸上毫无表情，但他的目光快速地轮番扫视邓布利多的两只眼睛，似乎想从其中一只看出他在撒谎。

"魔法？"他轻声重复道。

"不错。"邓布利多说。

"我的那些本领,是……是魔法?"

"你有哪些本领呢?"

"各种各样。"里德尔压低声音说,兴奋的红晕从他的脖子向凹陷的双颊迅速蔓延。他显得很亢奋。"我不用手碰就能让东西动起来。不用训练就能让动物听我的吩咐。谁惹我生气,我就能让谁倒霉。我只要愿意就能让他们受伤。"

他的双腿在颤抖。他跌跌撞撞地走上前,重新坐在床上,垂下脑袋,盯着自己的两只手,像在祈祷一样。

"我早就知道我与众不同。"他对着自己颤抖的双手说,"我早就知道我很特别。我早就知道这里头有点什么。"

"对,你的想法没有错。"邓布利多说,他收敛笑容,目光专注地看着里德尔,"你是一个巫师。"

里德尔抬起头。他的面孔一下子变了:透出一种狂热的欣喜。然而不知怎的,这并没有使他显得更好看些,反而使精致的五官突然变得粗糙了,那神情简直像野兽一样。

"你也是个巫师?"

"是的。"

"证明给我看。"里德尔立刻说道,口气和刚才那句"说实话"一样盛气凌人。

邓布利多扬起眉毛。

"如果,按我的理解,你同意到霍格沃茨去念书——"

"我当然同意!"

"那你就要称我为'教授'或'先生'。"

里德尔的表情僵了一刹那,接着他突然以一种判若两人的彬

第13章 神秘的里德尔

彬有礼的口气说："对不起，先生。我是说——教授，您能不能让我看看——？"

哈利以为邓布利多一定会拒绝，他以为邓布利多会对里德尔说，以后在霍格沃茨有的是时间做具体示范，并说他们眼下是在一座住满麻瓜的房子里，必须谨慎从事。然而令他大为惊讶的是，邓布利多从西服上装的内袋里抽出魔杖，指着墙角那个破旧的衣柜，漫不经心地一挥。

衣柜立刻着起火来。

里德尔腾地跳了起来。哈利不能责怪他发出惊恐和愤怒的吼叫，他所有的财产大概都在那个衣柜里。可是，里德尔刚要向邓布利多兴师问罪，火焰突然消失，衣柜完好无损。

里德尔看看衣柜，又看看邓布利多，然后，他指着那根魔杖，表情变得很贪婪。

"我从哪儿可以得到一根？"

"到时候会有的。"邓布利多说，"你那衣柜里好像有什么东西想要钻出来。"

果然，衣柜里传出微弱的咔嗒咔嗒声。里德尔第一次露出了惊慌的神情。

"把门打开。"邓布利多说。

里德尔迟疑了一下，走过去猛地打开了衣柜的门。挂衣杆上挂着几件破旧的衣服，上面最高一层的搁板上有一只小小的硬纸板箱，正在不停地晃动，发出咔嗒咔嗒的响声，里面似乎关着几只疯狂的老鼠。

"把它拿出来。"邓布利多说。

里德尔把那只晃动的箱子搬下来。他显得不知所措。

"那箱子里是不是有一些你不该有的东西？"邓布利多问。

里德尔用清晰、审慎的目光深深地看了邓布利多一眼。

"是的，我想是的，先生。"他最后用一种干巴巴的声音说。

"打开。"邓布利多说。

里德尔打开盖子，看也没看一眼，把里面的东西倒在了床上。哈利本来以为里面会有更加令人兴奋的东西，却只看见一堆平平常常的小玩意儿，其中有一个悠悠球、一只银顶针、一把失去光泽的口琴。它们一离开箱子就不再颤抖，乖乖地躺在薄薄的毯子上，一动不动。

"你要把这些东西还给它们的主人，并且向他们道歉。"邓布利多平静地说，一边把魔杖插进了上衣口袋里，"我会知道你有没有做。我还要警告你：霍格沃茨是不能容忍偷窃行为的。"

里德尔脸上没有丝毫的羞愧。他仍然冷冷地盯着邓布利多，似乎在掂量他。最后，他用一种干巴巴的声音说："知道了，先生。"

"在霍格沃茨，"邓布利多继续说道，"我们不仅教你使用魔法，还教你控制魔法。你过去用那种方式使用你的魔法，我相信是出于无意，但这是我们学校绝不会传授，也绝不能容忍的。让自己的魔法失去控制，你不是第一个，也不会是最后一个。但是你应该知道，霍格沃茨有权开除学生，而且魔法部——没错，有一个魔法部——会以更严厉的方式惩罚违法者。每一位新来的巫师都必须接受：一旦进入我们的世界，就要服从我们的法律。"

"知道了，先生。"里德尔又说道。

很难知道他脑子里在想什么。他把那一小堆偷来的赃物放回

第13章 神秘的里德尔

硬纸箱时,脸上还是那样毫无表情。收拾完后,他转过身,毫不客气地对邓布利多说:"我没有钱。"

"那很容易解决。"邓布利多说着就从口袋里掏出一只皮钱袋,"霍格沃茨有一笔基金,专门提供给那些需要资助购买课本和校袍的人。你的有些魔法书恐怕只能买二手货,不过——"

"在哪儿买魔法书?"里德尔打断了邓布利多的话,谢也没谢一声就把钱袋拿了过去,仔细地端详起一枚厚厚的金加隆来。

"在对角巷。"邓布利多说,"我带来了你的书单和学校用品清单。我可以帮你把东西买齐——"

"你要陪我去?"里德尔抬起头来问道。

"那当然,如果你——"

"用不着你,"里德尔说,"我习惯自己做事,总是一个人在伦敦跑来跑去。那么,到这个对角巷怎么走呢——先生?"他碰到了邓布利多的目光,补上了最后两个字。

哈利以为邓布利多会坚持陪里德尔去,但事情又一次出乎他的意料。邓布利多把装着购物清单的信封递给里德尔,又告诉里德尔从孤儿院到破釜酒吧的具体路线,然后说道:"你准能看见它,而你周围的麻瓜——也就是不懂魔法的人——是看不见的。打听一下酒吧老板汤姆——很容易记,名字跟你一样——"

里德尔恼怒地抽搐了一下,好像要赶走一只讨厌的苍蝇。

"你不喜欢'汤姆'这个名字?"

"叫'汤姆'的人太多了。"里德尔嘟囔道。然后他似乎是如鲠在喉,不吐不快,又似乎是脱口而出:"我父亲是巫师吗?他们告诉我他也叫汤姆·里德尔。"

"对不起，我不知道。"邓布利多说，声音很温和。

"我母亲不可能会魔法，不然她不会死。"里德尔不像是对邓布利多说话，更像是自言自语，"肯定是我父亲。那么——我把东西买齐之后——什么时候到这所霍格沃茨学校去呢？"

"所有的细节都写在信封里的第二张羊皮纸上。"邓布利多说，"你九月一日从国王十字车站出发。信封里还有一张火车票。"

里德尔点了点头。邓布利多站起身，又一次伸出了手。里德尔一边握手一边说："我可以跟蛇说话。我们到郊外远足的时候我发现的——蛇找到我，小声对我说话。这对于一个巫师来说是正常的吗？"

哈利看得出来，他是故意拖到最后一刻才提到这个最奇特的本事，一心想把邓布利多镇住。

"很少见，"邓布利多迟疑了一下，说道，"但并非没有听说过。"

他的语气很随便，但却用目光好奇地打量着里德尔的脸。两人站了片刻，男人和男孩，互相凝视。然后彼此松开了手，邓布利多走到门边。

"再见，汤姆。我们在霍格沃茨见。"

"我看差不多了。"哈利身边那位满头白发的邓布利多说。几秒钟后，他们又一次轻飘飘地在黑暗中飞翔，然后稳稳地落在现实中的办公室里。

"坐下吧。"邓布利多落在哈利身边，说道。

哈利坐了下来，脑子里仍然想着刚才看见的一切。

"他相信这件事的速度比我快得多——我是说，当你对他说他是一个巫师的时候。"哈利说，"海格最初告诉我时，我可不

第13章 神秘的里德尔

相信。"

"是啊,里德尔巴不得相信他是——用他自己的话说——是'与众不同'的。"邓布利多说。

"那个时候——你就知道?"哈利问。

"我就知道我刚才看见的那个人是有史以来最危险的黑魔法巫师?"邓布利多说,"不,我根本不知道他会成为现在这样的人。不过我确实对他很感兴趣。我回到霍格沃茨后就打算密切关注他,其实本来也应该这么做,因为他独自一人,没有朋友,但是我当时就觉得我这么做不仅是为了他,也是为了别人。

"你刚才也听见了,对于这样一个年轻巫师来说,他的能力惊人地完善和成熟——而最有趣也最不祥的一点是——他已经发现他可以在某种程度上控制这些能力,并开始有意识地使用它们。正如你看见的,他不像一般的年轻巫师那样毫无章法地胡乱做些实验。他已经在用魔法对付别人,用魔法去恐吓、惩罚和控制别人。那只被吊死的兔子,还有被他骗进山洞的那一男一女两个孩子的故事就很能说明问题……我只要愿意就能让他们受伤……"

"他还是个蛇佬腔。"哈利插嘴道。

"是啊,一种罕见的能力,据说跟黑魔法有关,不过我们知道,在伟大和善良的巫师中间也有蛇佬腔。事实上,他与蛇对话的能力并没有使我感到很不安,令我担心的是他明显表现出来的那种残酷、诡秘和霸道的天性。

"时间又在捉弄我们了,"邓布利多指了指窗外漆黑的天空说道,"不过在我们分手之前,我想请你注意一下刚才目睹的那一幕的某些细节,它们跟我们将来要一起讨论的问题密切相关。

"首先，我想你肯定注意到了，当我提到有人的名字跟他一样也叫'汤姆'时，里德尔是什么反应吧？"

哈利点了点头。

"这显示出，他蔑视任何把他跟别人拴在一起的东西，蔑视任何使他显得平凡无奇的东西。即使在那个时候，他就希望自己与众不同，孤傲独立，声名远扬。你也知道，在那次对话的短短几年之后，他就抛弃了自己的名字，打造出'伏地魔'这样一个面具，并在它后面蛰伏了那么长时间。

"我相信你同样也注意到了，汤姆·里德尔当时已经极为自负，讳莫如深，而且显然没有一个朋友。他自己去对角巷，不需要别人的帮助和陪同。他什么都愿意自己做。成年后的伏地魔也是这样。你会听见许多食死徒声称他们得到了他的信任，并声称只有他们才能够接近他甚至理解他。其实他们都受了愚弄。伏地魔从来没有一个朋友，而且我认为他从来都不需要朋友。

"最后——我希望你没有因为犯困而忽视这一点，哈利——年轻的汤姆·里德尔喜欢收集战利品。你看见他藏在房间里的那一箱赃物了吧？它们都是从那些被他欺侮过的孩子们那里拿来的，可以说是某些特别可恶的魔法伎俩的纪念品。你记住他这种像喜鹊一样喜欢收集东西的嗜好，这对于将来格外重要。

"好了，哈利，真的该睡觉了。"

哈利站了起来。他朝门口走去时，目光落在上次放着马沃罗·冈特那枚戒指的小桌上，可是戒指已经不在了。

"怎么了，哈利？"邓布利多看到哈利停住脚步，问道。

"戒指不见了，"哈利左右张望着说，"不过我以为你这里还

第13章　神秘的里德尔

会有那把口琴什么的呢。"

邓布利多笑了，眼睛从半月形的镜片上方望着他。

"眼光很敏锐，哈利，但那把口琴只是口琴而已。"

说完这句令人费解的话，他朝哈利挥了挥手，哈利明白自己应该离开了。

第 14 章

福灵剂

第二天上午，哈利的第一节课是草药课。吃早饭时，他因为怕别人听见，没能把邓布利多给他上课的内容告诉罗恩和赫敏。当他们穿过菜地朝温室走去时，他才把事情的经过一五一十地告诉了他们。周末的狂风终于平息，但是那种怪异的浓雾又回来了，他们用了比平常更多的时间才找到上课的那座温室。

"哇，多么恐怖啊，少年时期的神秘人。"罗恩轻声说，他们围在一棵布满节疤的疙瘩藤的树桩旁，开始戴防护手套。疙瘩藤是他们这学期所学课程的一部分。"但我仍然不明白，邓布利多为什么要让你看这些呢？我是说，有趣倒是挺有趣的，可是有什么用呢？"

"不知道，"哈利说着，戴上一只护齿套，"但他说非常重要，会帮助我活下来。"

"我认为这很吸引人。"赫敏认真地说，"尽量了解伏地魔这个人是绝对有意义的，不然你怎么能发现他的弱点呢？"

第14章 福灵剂

"对了，斯拉格霍恩最近的那次晚会怎么样？"哈利戴着护齿套口齿不清地问赫敏。

"哦，其实挺好玩的，"赫敏一边戴上防护眼镜一边说道，"我是说，他虽然没完没了地唠叨他以前那些学生多么出名，而且明显是在讨好麦克拉根，因为麦克拉根认识许多头面人物，但他给我们吃了一些很美味的东西，还介绍我们认识了格韦诺格·琼斯。"

"格韦诺格·琼斯？"罗恩说，防护眼镜后面的眼睛一下子睁得老大，"是那个格韦诺格·琼斯吗？霍利黑德哈比队的队长？"

"没错，"赫敏说，"我个人认为她有点儿自我中心，不过——"

"这里不许再说话了！"斯普劳特教授厉声说道，她匆匆走了过来，神色很严厉，"你们落后了，别的同学都动手了，纳威已经弄到了一颗荚果！"

他们转脸望去，果然，纳威坐在那里，嘴唇滴着血，半边脸上被挠出了几道血痕，惨不忍睹，可是他手里抓着一个扑扑跳动的令人恶心的绿色物体，有葡萄柚那么大。

"好的，教授，我们这就动手！"罗恩看到老师转过身走了，又低声补充道，"我们应该用闭耳塞听咒的，哈利。"

"不，绝对不行！"赫敏立刻反对，她跟平常一样，一想到混血王子和他那些魔咒就气不打一处来，"好了，快点儿吧……我们最好赶紧……"

她担忧地看了两个伙伴一眼，他们深吸了几口气，便埋头去对付他们中间那个疙里疙瘩的树桩了。

残根立刻活了起来，长长的刺藤从顶上蹿出，在空中甩来甩去。其中一根缠住了赫敏的头发，罗恩赶紧用一把整枝剪刀把它打了回去。哈利总算抓住了两根藤蔓，挽在一起打了个结。这些触手般的枝条中间露出了一个小洞，赫敏勇敢地把手臂插进洞里，洞口立刻像捕鼠夹一样咬住了她的肘部。哈利和罗恩拼命地拖拽、扭动那些藤蔓，让洞口重新张开，赫敏总算把胳膊从里面挣脱出来，手里抓着一颗像纳威弄到的那种荚果。顿时，那些刺藤全部缩了进去，布满节疤的树桩静静地躺在那里，像一截毫无生气的死木头。

"咳，等将来有了自己的房子，我可不想在花园里种这些玩意儿。"罗恩说着把防护眼镜推到额头上，擦了擦脸上的汗水。

"把碗递给我。"赫敏说，她把手里那颗扑扑跳动的荚果举得远远的。哈利递过去一个碗，赫敏把荚果扔进碗里，脸上是一种厌恶的表情。

"别缩手缩脚的，快把汁挤出来，趁着新鲜，质量最好！"斯普劳特教授喊道。

"反正，"赫敏继续着刚才被打断的谈话，就好像没有遭到树桩袭击似的，"斯拉格霍恩还要举办一个圣诞晚会，哈利，这次你可没有办法逃脱了，因为他特意叫我看看你哪一天晚上有空，确保他能把晚会安排在一个你能来的晚上。"

哈利叫苦不迭。罗恩正用两只手按着荚果，想把它的汁液挤进碗里，听了这话，他猛地站起来，使出吃奶的劲儿挤压荚果，一边气呼呼地说："这个晚会又是专门招待斯拉格霍恩的那些宠儿的吧？"

"对，专门为鼻涕虫俱乐部举办的。"赫敏说。

荚果从罗恩的手里飞了出去，撞在温室玻璃上，又弹回来砸

第14章 福灵剂

中斯普劳特教授的后脑勺,把她那顶打着补丁的旧帽子打掉了。哈利去捡荚果,回来时听见赫敏在说:"喏,'鼻涕虫俱乐部'这个名字可不是我发明的——"

"'鼻涕虫俱乐部',"罗恩用马尔福特有的那种讥讽口吻说,"真难听。喂,我希望你在晚会上玩得开心。你为什么不跟麦克拉根交朋友呢,这样斯拉格霍恩就能把你们封为鼻涕虫国王和王后——"

"我们还允许带客人去呢,"赫敏说,她的脸不知怎的突然涨得通红,"我正准备邀请你,既然你认为晚会那么无聊,我就不费这个事了!"

哈利突然希望那颗荚果刚才飞得再远一点,这样他就用不着跟他们俩坐在一起了。罗恩和赫敏都没有注意到他,他抓起盛荚果的碗,尽量用最大的声音,以他所能想出来的最卖力气的方式折腾着荚果。不幸的是,他仍然能听清他们俩说的每一个字。

"你本来准备邀请我的?"罗恩问,他的声音完全变了。

"对,"赫敏气冲冲地说,"但是,如果你情愿让我跟麦克拉根交朋友……"

停顿,哈利继续用一把小铲子敲打那颗有弹性的荚果。

"不,我不情愿。"罗恩用很轻很轻的声音说。

哈利一铲子下去没敲中荚果,把碗砸碎了。

"恢复如初!"他赶紧用魔杖捅捅碎片,念了一句咒语,碗立刻自动黏合,恢复了原来的样子。但是,碗被砸碎的声音似乎惊醒了罗恩和赫敏,他们这才意识到哈利的存在。赫敏显得很慌乱,立刻开始在她那本《食肉树大全》里查找给疙瘩藤的荚果挤汁的正确方法。罗恩有点不好意思，但看上去心里美滋滋的。

"把那个递过来，哈利。"赫敏急急地说，"这上面说，我们应该用尖东西把它们刺破……"

哈利把碗里的荚果递给赫敏，他和罗恩一起重新戴好防护眼镜，再一次埋头对付着那个树桩。

哈利其实并不怎么吃惊，他一边跟一根想要掐住他脖子的刺藤扭打，一边转开了心思。他早就模模糊糊地知道这件事早晚会发生。但是他不清楚自己对此会有什么感觉……如今他和秋·张尴尬得看都不敢看对方一眼，更不用说互相交谈了。如果罗恩和赫敏开始谈恋爱，然后又闹分手，那可怎么办呢？他们的友谊能经得起这番折腾吗？哈利想起三年级时罗恩和赫敏有几个星期互相不说话，他不得不两边周旋，给他们调解，搞得苦不堪言。还有，如果他们最后没有分手呢？如果他们变得像比尔和芙蓉那样，别人在他们面前都会感到尴尬、难以忍受，结果他就只好永远被排斥在外呢？

"抓住啦！"罗恩大喊一声，从残根里拽出了第二颗荚果。这时候赫敏正好把第一个弄开了，顿时，碗里满是蠕动的、像浅绿色毛毛虫一样的小疙瘩。

这节课剩下来的时间里，他们没有再提到斯拉格霍恩的晚会。随后的几天，哈利更加密切地注意他的两位朋友，但罗恩和赫敏似乎没有什么异样，只是相互间比过去客气了些。哈利想，他只能等到晚会举办的那天晚上，看看在斯拉格霍恩房间朦胧的灯光下，在黄油啤酒的作用下，会出现什么情况了。眼下，他还有更加紧迫的事情需要考虑。

第14章 福灵剂

凯蒂·贝尔还住在圣芒戈魔法伤病医院里，短期内不会出院，这就意味着，九月份以来哈利精心调教的那支很有希望的格兰芬多魁地奇球队缺少了一名追球手。他迟迟不肯找人替换凯蒂，希望她能回来，可是眼看对斯莱特林的第一场比赛就要临近，他终于不得不承认凯蒂不能赶回来打比赛了。

哈利觉得他再也不能忍受搞一场全院选拔赛了。一天变形课后，他堵住了迪安·托马斯，心里有一种跟魁地奇无关的沉甸甸的感觉。班上大多数同学都走了，只有几只叽叽喳喳的小黄鸟还在教室里飞来飞去，它们都是赫敏的作品。其他同学连一根羽毛都没有变出来。

"你对当追球手还有兴趣吗？"

"什——？有啊，当然有！"迪安兴奋地说。哈利看见迪安身后的西莫·斐尼甘重重地把课本塞进书包，脸色很是难看。哈利之所以不愿意让迪安参加比赛，就是因为他知道西莫肯定会不高兴。然而，他必须把球队的利益放在第一位，而迪安在选拔中飞得比西莫快。

"好吧，你可以加入了。"哈利说，"今天晚上训练，七点。"

"好，"迪安说，"谢谢了，哈利！哎呀，我要马上把这消息告诉金妮！"

他飞快地跑走了，教室里只剩下哈利和西莫两个人，这真是令人尴尬的一刻，赫敏的一只金丝雀正好从他们头顶上飞过，把一滴鸟粪拉在西莫的头上，气氛变得更尴尬了。

哈利选迪安接替凯蒂，对此感到不满的不止西莫一个人。公共休息室里对于哈利挑选两名同班同学入队的事议论纷纷。哈利上学以来忍受过比这糟糕得多的非议,所以并不特别往心里去,但是,他们的压力越来越大,必须保证在即将到来的对斯莱特林的比赛中取胜。如果格兰芬多赢了,哈利知道整个学院的人都会忘记他们曾经批评过他,并且会声称自己早就知道这是一支了不起的球队。可一旦输了……管它呢,哈利苦笑着想,比这更难听的议论他都忍受过来了……

那天晚上,哈利一看到迪安飞起来,就觉得没有理由后悔自己的选择了。迪安跟金妮、德米尔扎配合得十分默契。击球手珀克斯和古特的表现也越来越好。唯一有麻烦的是罗恩。

哈利一向知道罗恩的状态不稳定,他怯场,缺乏自信,不幸的是,本赛季即将到来的第一场比赛似乎把他过去这些心理问题全都诱发出来了。他一连漏了六个球,其中大多数都是金妮打来的,然后他的技术变得越来越没有章法,最后竟然一拳打中了迎面飞来的德米尔扎·罗宾斯的嘴巴。

"怪我不小心,对不起,德米尔扎,太对不起了!"罗恩冲着她的背影喊道,德米尔扎歪歪斜斜地飞回地面,鲜血滴得到处都是,"我只是——"

"太紧张了。"金妮气愤地说,她落在德米尔扎身边,检查她肿得老高的嘴唇,"你这个草包,罗恩,你看看她现在的样子!"

"我可以治好。"哈利落在两个姑娘身边说道,他用魔杖指着德米尔扎的嘴,念了一声"愈合如初","还有,金妮,不许你管罗恩叫草包,这个球队的队长不是你——"

"噢,你似乎太忙了,没工夫管他叫草包,我认为应该有人——"

第14章 福灵剂

哈利强忍着没笑出来。

"全体队员,升到空中,我们再来……"

总的来说,这是他们这学期以来最糟糕的一次训练。眼看比赛就要临近,哈利认为实话实说并不是最佳的策略。

"干得不错,诸位,我认为我们准能把斯莱特林打扁了。"他给大家鼓劲儿,因此,追球手和找球手们离开更衣室时情绪似乎都还不错。

"我表现得像一堆臭大粪。"门在金妮身后关上后,罗恩用空洞的声音说。

"不,不是。"哈利毫不含糊地说,"你是我选拔出来的最棒的守门员,罗恩。你唯一的问题就是心理紧张。"

在返回城堡的路上,哈利不断地说一些鼓励的话,最后当他们走到三楼时,罗恩的情绪总算好了一点儿。哈利推开那幅挂毯,想走他们平常走的那条近路去格兰芬多塔楼,却发现迪安和金妮在他们眼前搂抱在一起,如漆似胶地热烈亲吻着。

似乎有个全身长鳞的大家伙在哈利心头突然活动起来,用爪子抓挠他的五脏六腑,热血一下子冲上了他的脑袋,所有的理性都被压制住了,取而代之的是一股强烈的冲动,只想用恶咒把迪安变成一堆果冻。他与这种突如其来的疯狂念头搏斗着,听见罗恩的声音像是从很远的地方传来。

"喂!"

迪安和金妮一下子分开了,扭头张望着。

"怎么啦?"金妮说。

"我不愿意看见我的亲妹妹在大庭广众下跟别人搂搂抱抱!"

"走廊里本来没有人，是你们自己闯进来的！"金妮说。

迪安显得很尴尬。他躲躲闪闪地朝哈利笑了一下，哈利没有理他，因为他内心那个刚刚诞生的怪兽正大吼着要把迪安立刻从球队开除出去。

"嗯……走吧，金妮，"迪安说，"我们回公共休息室去……"

"你走你的！"金妮说，"我要跟我亲爱的哥哥说几句话！"

迪安走了，他似乎巴不得赶紧离开这个地方。

"好，"金妮说着甩去脸上长长的红发，怒冲冲地瞪着罗恩，"让我们彻底把话都说清楚。罗恩，我跟谁好，我跟他们做什么，跟你没有任何关系——"

"不，有关系！"罗恩同样怒气冲冲地说，"你以为我愿意别人说我的妹妹是——"

"是什么？"金妮大喊一声，拔出了魔杖，"是什么？你说清楚！"

"他只是随便说说的，金妮——"哈利下意识地说，而他内心那头怪兽正在吼叫着赞同罗恩的话。

"哼，他就是这么想的！"她突然朝哈利发起火来，"就因为他这辈子从来没有跟别人亲热过，就因为他从小到大只被我们的穆丽尔姨婆吻过——"

"你闭嘴！"罗恩吼道，脸色从红变成了酱紫。

"不，我就不闭嘴！"金妮疯狂般地说，"我看见过你跟黏痰在一起，你每次看见她都眼巴巴地盼着她能吻你的脸，真是可怜！如果你自己也跟某人来点儿搂搂抱抱，就不会这么在乎别人这么做了！"

第14章 福灵剂

罗恩也抽出了魔杖。哈利赶紧挡在他们俩中间。

"你知不知道你在胡说些什么!"罗恩嚷道,哈利伸着胳膊挡在金妮前面,罗恩想绕过哈利,把脸正冲着金妮,"就因为我没有在大庭广众——"

金妮发出刺耳的嘲笑,使劲想把哈利推开。

"你是一直在亲吻小猪吗?还是在枕头底下藏了一张穆丽尔姨婆的照片?"

"你——"

哈利的左胳膊下射出一道橘黄色的光,差几寸就击中金妮了。哈利把罗恩顶到了墙上。

"别干傻事——"

"哈利跟秋·张亲热过!"金妮还在嚷嚷,声音里已经带着哭腔,"赫敏跟威克多尔·克鲁姆亲热过,只有你,罗恩,把这看成一件令人恶心的事儿,那是因为你的经验只有一个十二岁的毛孩子那么多!"

说完,她气冲冲地走了。哈利赶紧放开罗恩。罗恩脸上的表情像是要杀人。他们俩站在那儿,呼哧呼哧地喘着粗气,后来,费尔奇的猫洛丽丝夫人出现在墙角,才打破了这紧张的气氛。

"走吧。"哈利说,他们已经听见费尔奇踢踢踏踏的脚步声了。

他们匆匆上了楼,顺着八楼的一道走廊往前走。"喂,滚开!"罗恩朝一个小女生吼道,那女生吓了一大跳,手里的一瓶蟾蜍卵掉在了地上。

哈利几乎没有听到玻璃摔碎的声音。他只觉得脑子晕乎乎的,找不到方向。被闪电击中的感觉肯定就像这样。这只是因为她是罗恩的妹妹，他对自己说，因为她是罗恩的妹妹，所以你才不愿意看见她跟迪安接吻……

可是他脑海里自动浮现出一幅画面：在那条空无一人的走廊里，是他自己在亲吻金妮……他心里的那头怪兽快乐得直哼哼……但紧接着他看见罗恩扯开挂毯帘子，拔出魔杖对准哈利，嘴里吼着一些话，什么"背信弃义"……什么"还说是我的朋友呢"……

"你说，赫敏真的跟克鲁姆亲热过吗？"罗恩突然问道，这时他们已经快要走到胖夫人肖像跟前了。哈利心虚地吃了一惊，赶紧把思绪从那条走廊扯了回来：他幻想中的走廊里没有突然闯入的罗恩，只有他和金妮单独在一起——

"什么？"他慌乱地说，"哦……嗯……"

如果照实回答，应该说"是的"，但哈利不愿意这么说。不过，罗恩似乎从哈利的脸上得出了最坏的结论。

"杏仁鸡羹。"他阴沉着脸对胖夫人说，两人爬过肖像洞口，进入了公共休息室。

谁也没有再提金妮或赫敏，事实上，那天晚上他们几乎没怎么说话，各自想着心事，默默地上床睡觉了。

哈利很长时间都没有睡着，他盯着四柱床的帐顶，努力想使自己相信他对金妮的感情完全像哥哥一样。整个夏天，他们不是像兄妹一般生活，一起打魁地奇，一起奚落罗恩，一起嘲笑比尔和黏痰吗？他认识金妮已经好几年了……自然觉得自己有责任保护她……自然想要照看她……想要把迪安撕成碎片，因为迪安竟然敢吻她……不……他必须控制这种特殊的兄长之情……

第14章 福灵剂

罗恩发出了呼噜呼噜的响亮鼾声。

她是罗恩的妹妹,哈利坚决地对自己说,罗恩的妹妹,我不能对她有非分之想。无论如何不能拿他和罗恩的友谊去冒险。他把枕头拍成一个更加舒适的形状,等待睡意来临,他用全部的力量控制自己,不让思绪游移到金妮那儿去。

第二天早晨,哈利醒来时觉得脑子有点昏沉,晕晕乎乎,因为夜里做了一连串的怪梦,都是罗恩拿着一根击球手的球棒在追他。可是到了中午,他倒情愿让梦里的那个罗恩来取代这个真正的罗恩。罗恩不仅对金妮和迪安满脸阴沉,而且对赫敏也铁青着脸,连嘲带讽,弄得赫敏又委屈又迷惑不解。更糟糕的是,罗恩似乎一夜之间变得像炸尾螺一样敏感易怒,一碰就炸。哈利花了一整天时间在罗恩和赫敏之间调停,都没有奏效。最后,赫敏非常愤怒地回去睡觉了,罗恩气势汹汹地痛骂了几个盯着他看的一年级学生一顿,把他们吓得够呛,然后他怒气冲冲地回男生宿舍去了。

在随后的几天里,罗恩这种火暴脾气并没有缓解,这使哈利感到很沮丧。更糟糕的是,随之而来的是罗恩的守门技术一落千丈,这使他的脾气变得更加暴躁。在星期六比赛前的最后一次魁地奇训练中,追球手打来的球他一个也没有救起,反而朝每个人大吼大叫,还把德米尔扎·罗宾斯给气哭了。

"你闭嘴,别惹她!"珀克斯吼道,他手里拿着一根沉甸甸的球棒,但个头只有罗恩的三分之二左右。

"够了!"哈利吼道,他看见金妮气冲冲地瞪着罗恩那边,想起她在施蝙蝠精魔咒方面是公认的一把好手,便急忙飞过去,赶在事态失控之前及时调停,"珀克斯,快去把游走球收拾起来。德米尔扎,打起精神,你今天表现真不错。罗恩……"他等到其他队员都走远听不见了才说道,"你是我最好的朋友,但如果你继续这样对待别人,我就把你从队里踢出去。"

他本以为罗恩会扑上来揍他,没想到接下来的情况更加糟糕:骑在扫帚上的罗恩似乎完全泄了气,彻底丧失了斗志,他说:"我退出。我糟透了。"

"你没有糟透,你不许退出!"哈利揪住罗恩长袍的衣襟,发着狠劲儿说,"你状态好的时候什么球都能救起,你只是精神问题!"

"你说我有精神问题?"

"对,恐怕我就是这个意思!"

他们互相怒目而视,然后罗恩疲惫地摇了摇头。

"我知道你来不及再找一名守门员了,所以我明天还是参加比赛,但如果我们输了——我们肯定会输的,我就自动离队。"

不管哈利再说什么都无济于事。吃饭的时候,他一直在给罗恩打气,可是罗恩只顾对着赫敏横眉瞪眼,根本没有注意听。那天晚上在公共休息室里,哈利继续鼓励他,一再强调说如果罗恩离开的话,整个球队就完蛋了。可是,其他队员就聚在墙角那儿窃窃私语,显然是在议论罗恩,还不时地朝罗恩投来不满的目光,这使哈利的劝解效果大打折扣。最后,哈利想再发一次脾气,希望用激将法让罗恩进入那种不服输的、频频救球的状态,但看样子这种策略跟给他打气一样没有多少作用。罗恩上床睡觉时还是那样情绪低落,灰心绝望。

第14章 福灵剂

　　哈利在黑暗中躺了很长时间。他不想输掉即将到来的这场比赛。这不仅是他担任队长以来的第一场比赛，而且，他虽然还没能证明自己对德拉科·马尔福的怀疑，但一心想在魁地奇赛场上打败他。可是，如果罗恩的表现还跟最近这几次训练一样，那他们获胜的希望就太渺茫了……

　　但愿能想出一个办法让罗恩振作起来……让他以最佳状态参加比赛……想个办法让罗恩那一天事事顺利……

　　突然，哈利脑子里灵光一现，有了答案。

　　第二天早晨，早饭还像平常一样热闹。格兰芬多球队的每个队员走进礼堂时，斯莱特林们就大声地喝倒彩，发嘘声。哈利扫了一眼天花板，看见一片清澈、瓦蓝的天空：这是一个好兆头。

　　格兰芬多的餐桌红彤彤金灿灿的，哈利和罗恩走过来时，同学们热烈欢呼。哈利笑着挥挥手，罗恩勉强做了个鬼脸，摇了摇头。

　　"打起精神来，罗恩！"拉文德喊道，"我知道你肯定很棒！"

　　罗恩没有理睬她。

　　"茶？"哈利问罗恩，"咖啡？南瓜汁？"

　　"随便。"罗恩愁眉苦脸地说，郁闷地咬了一口面包。

　　几分钟后，赫敏来了，她因为受够了罗恩最近的古怪别扭，没有跟他们一起下楼吃早饭。她快走到桌边时停住了脚步。

　　"你们俩感觉怎么样？"她试探地问，眼睛望着罗恩的后脑勺。

　　"不错。"哈利说，他正忙着把一杯南瓜汁递给罗恩，"给，罗恩，喝了吧。"

　　罗恩刚把杯子举到嘴边，赫敏突然厉声说道：

　　"别喝，罗恩！"

哈利和罗恩都抬头望着她。

"为什么？"罗恩说。

赫敏呆呆地瞪着哈利，似乎不敢相信自己的眼睛。

"你刚才往那杯饮料里放东西了。"

"你说什么？"哈利说。

"你听见我说了什么。我都看见了。你刚才把什么东西倒进了罗恩的饮料。现在那瓶子还在你手里攥着呢！"

"真听不懂你在说什么。"哈利一边说，一边赶紧把一个小瓶子塞进口袋。

"罗恩，我警告你，别喝！"赫敏惊慌地又说了一遍，可是罗恩端起杯子，一口喝了个精光，然后说："你少对我指手画脚，赫敏。"

赫敏看上去又震惊又愤怒。她弯下腰压低声音，为的是不让别人听见："你会因为这件事被开除的。我真不敢相信你会干出这种事，哈利！"

"是谁在说话呀？"哈利低声说道，"是谁最近给人念了混淆咒呀？"

赫敏气冲冲地走到桌子那头去了。哈利望着她的背影，心里并不感到懊悔。赫敏始终不明白魁地奇是一件多么重要的事情。哈利转过脸来看着罗恩，罗恩正在那里咂着嘴。

"时间快到了。"哈利轻松愉快地说。

他们大步朝体育场走去，霜冻的草踩在脚下，发出嘎吱嘎吱的响声。

"天气这么好，运气真不错，是不是？"哈利问罗恩。

第14章 福灵剂

"是啊。"罗恩脸色苍白,好像身体很虚弱的样子。

金妮和德米尔扎已经换上了魁地奇球袍,正在更衣室里等着。

"条件看来很理想,"金妮睬也不睬罗恩,只管说道,"你猜怎么着?斯莱特林的追球手瓦赛——昨天训练时被一只游走球击中脑袋,疼得不能参加比赛了!更妙的是——马尔福也请了病假!"

"什么?"哈利转过身来盯着她,"他病了?什么病?"

"不知道,但对我们来说太棒了。"金妮兴高采烈地说,"现在他们换上了哈珀。他跟我同级,是个大傻瓜。"

哈利淡淡地笑了笑,可是当他套上深红色的球袍时,思路却游移到了魁地奇以外的事情上。马尔福以前也有一次声称自己受伤,不能参加比赛,但那次他是为了改变整个比赛的日程,换一个对斯莱特林更加有利的日子。他这次怎么这样痛快就让替补队员上场呢?他是真的病了,还是装病?

"真可疑,是不是?"他压低声音对罗恩说,"马尔福竟然不参加比赛!"

"这是我们运气好。"罗恩说,似乎有了一些活力,"瓦赛也不来了,他是他们队最好的得分手啊,真没想到——嘿!"他突然叫了一声,呆呆地望着哈利,守门员手套戴到一半停住了。

"怎么啦?"

"我……你……"罗恩放低声音,显得既害怕又兴奋,"我那杯饮料……我的南瓜汁……你没有……?"

哈利扬起眉毛,只说了一句:"五分钟后比赛就开始了,你最好赶紧穿上靴子。"

他们来到外面人声鼎沸的球场上。看台一边是一片红彤彤金灿灿的人海，另一边则是一片绿色和银色的汪洋。许多赫奇帕奇和拉文克劳同学也各有自己支持的球队。在所有这些尖叫声、鼓掌声中，哈利清清楚楚地听见了卢娜·洛夫古德那顶著名的狮子帽的咆哮。

哈利走到裁判霍琦女士面前，霍琦女士站在那里，正准备把球从箱子里放出来。

"双方队长握手。"她说，哈利的手几乎被斯莱特林的新队长厄克特捏碎了，"骑上扫帚。听我的哨声……三……二……一……"

哨声一响，哈利和其他队员使劲一蹬冻得硬邦邦的地面，升上了半空。

哈利绕着球场周围盘旋，寻找金色飞贼，同时警惕地提防在他下面绕来绕去的哈珀。这时，一个跟以往的解说员截然不同的声音响了起来。

"好，现在他们出发了。我想，看到波特这学期拼凑起来的这支球队，大家都会感到吃惊。许多人以为，守门员罗恩·韦斯莱上学期表现时好时坏，大概不会再待在球队了，但是他跟队长私人关系密切，这无疑帮了他的忙……"

这番话赢得了球场那端斯莱特林们的讥笑和喝彩。哈利在扫帚上伸长脖子朝解说员的台子看去。一个瘦瘦高高、金色头发、朝天鼻的男生站在那儿，对着那只曾经属于李·乔丹的魔法麦克风滔滔不绝。哈利认出来了，是扎卡赖斯·史密斯——他非常讨厌的一名赫奇帕奇队员。

"哦，斯莱特林队第一次向球门发起进攻，是厄克特快速飞

第14章 福灵剂

过球场——"

哈利的心都揪起来了。

"——韦斯莱把球救起，是啊，我想他偶尔也会交点儿好运……"

"没错，史密斯，说得对。"哈利低声嘟囔，暗暗地笑了。他从一群追球手中间俯冲下去，眼睛四处寻找那只行踪不定的金色飞贼的踪影。

比赛进行了半个小时，格兰芬多六十比零领先，罗恩身手不凡，很漂亮地救起了一些险球，有几个甚至是用手套尖扑出去的。在格兰芬多投中的六个球中，金妮就占了四个。这一下扎卡赖斯收敛多了，不再大声念叨韦斯莱兄妹是因为哈利偏心才进入球队的。他改变目标，开始编派起珀克斯和古特来。

"当然啦，古特并不具备一般击球手那样的体格，"扎卡赖斯傲慢地说，"击球手总的来说肌肉都比较发达——"

"给他一记游走球！"哈利飞过古特身边时朝他喊了一声，古特脸上露出灿烂的笑容，将那只游走球瞄准了正迎面朝哈利飞来的哈珀。哈利听见砰的一声闷响，知道那只球击中了目标，心头暗暗高兴。

格兰芬多队似乎怎么打都顺手。他们一次次进球得分，而在球场的另一端，罗恩轻松地救起了一个又一个球，简直是手到擒来。他现在脸上居然也有了笑容。当他特别漂亮地救起一个险球、观众齐声高唱那首最受欢迎的老歌韦斯莱是我们的王时，他还假装从高处给他们当指挥呢。

"他还觉得自个儿今天是个人物呢，嗯？"一个挖苦的声音说，随即哈珀故意狠狠地撞了过来,把哈利撞得差点儿从扫帚上摔下去,"你那个败类哥们儿……"

霍琦女士背对着他们,下面的格兰芬多们气愤地大声喊叫,可是当霍琦女士转过身来时,哈珀已经迅速飞走了。哈利肩膀生疼,立刻朝他追过去,打定主意也要撞他一下……

"我认为斯莱特林队的哈珀已经看见飞贼了!"扎卡赖斯·史密斯对着魔法麦克风说,"没错,他肯定看见了什么,波特没看见!"

史密斯真是个白痴,哈利想,他难道没有看见他撞自己吗?紧接着哈利的心忽悠一下,简直要从空中沉向地面——史密斯说得对,哈利判断错了。哈珀刚才突然上升不是无缘无故的,他确实看见了哈利没有看见的东西:金色飞贼在他们的高处疾飞,在明朗的蓝天衬托下闪着耀眼的光芒。

哈利立刻加速,风在耳边呼呼地掠过,史密斯的解说声、观众的喧闹声都听不见了,但哈珀还是在他前面。格兰芬多只领先一百分,如果哈珀先飞到那儿,格兰芬多就输了……现在哈珀离飞贼只有几英尺了,他的手向前伸着……

"喂,哈珀!"哈利孤注一掷地喊道,"马尔福给了你多少钱让你来替他打比赛?"

他不知道自己为什么要说这话,可是哈珀吃了一惊,一下子没有抓牢飞贼,球从他手指间滑脱,他的身子嗖地飞了过去。哈利朝那只扑扇着翅膀的小球猛冲过去,把它抓住了。

"**有了!**"哈利喊道,他转身飞快地冲向地面,手里高高地举着那只飞贼。当观众们意识到怎么回事时,立刻爆发出一阵震

第14章 福灵剂

耳欲聋的喧闹,把比赛结束的哨声都淹没了。

"金妮,你去哪儿?"哈利大喊,队员们在空中热烈拥抱,他发现自己被他们挤在了最中间,可是金妮径直从他们旁边飞过,然后哗啦一声,撞上了解说员的台子。随着观众的尖叫声和哄笑声,格兰芬多的队员们降落在那堆被撞得乱七八糟的木板旁,扎卡赖斯在木板下面有气无力地挣扎。哈利听见金妮轻快地对愤怒的麦格教授说:"忘记刹车了,教授,抱歉。"

哈利哈哈大笑着挣脱其他队员,冲过去搂抱金妮,但又赶紧放开了。他躲着金妮的目光,转而去拍打欢呼雀跃的罗恩的后背。格兰芬多的队员们忘记了前嫌,手挽手走出球场,一边朝空中挥舞着拳头,向支持他们的观众挥手致意。

更衣室里一片欢腾的气氛。

"楼上的公共休息室里在开庆功会,西莫说的!"迪安兴高采烈地喊道,"快走,金妮、德米尔扎!"

更衣室里只剩下了哈利和罗恩。他们正要离开,赫敏突然闯了进来。她两只手里绞着她那条格兰芬多围巾,一副心烦意乱、但决心已定的样子。

"我想跟你谈谈,哈利。"她深深吸了一口气,"你不应该这么做。你听见斯拉格霍恩怎么说的,这是不合法的。"

"你准备怎么办,揭发我们?"罗恩问道。

"你们俩在说些什么呀?"哈利问,一边转身去挂他的球袍,这样他们俩就看不见他脸上得意的笑容了。

"你完全清楚我们在说什么!"赫敏声音尖厉地说,"你早饭的时候往罗恩的南瓜汁里掺了幸运药水!福灵剂!"

"不，我没有。"哈利说着转过去面对他们俩。

"你就是掺了，哈利，所以一切才这么顺利，斯莱特林队员缺赛，罗恩每个球都能救起来！"

"我并没有把它掺进去！"哈利说着，忍不住绽开了笑容。他把手伸进外衣口袋，掏出赫敏早上看见他拿在手里的那个小瓶。满满一瓶金黄色的药水，塞子仍然用蜡封得死死的。"我想让罗恩以为我掺了药水，所以，我知道你在旁边看着，就假装这么做了。"他看着罗恩，"你每个球都能救起来，是因为你自己感觉运气好。你是靠自己的能力做到的。"

他把药水又放回了口袋。

"我的南瓜汁里真的什么也没有？"罗恩大为震惊地说，"可是天气这么好……瓦赛不能来比赛……你真的没有给我喝幸运药水？"

哈利摇了摇头。罗恩呆呆地望了他片刻，然后模仿着赫敏的声音回敬她说：

"你今天早晨在罗恩的南瓜汁里掺了福灵剂，所以他才能救起那么多球！看见了吗！我不用帮助也能把球救起来，赫敏！"

"我从来没说过你不能——罗恩，你自己也以为喝了药水！"

可是罗恩已经扛着扫帚，大摇大摆地从赫敏身边走出了更衣室。

"嗯，"哈利打破突然出现的沉默说道，真没想到他的计划竟然这样事与愿违，"我们……我们上去参加晚会吧？"

"你自己去吧！"赫敏说，她眨眨眼忍住泪水，"眼下我对罗恩感到腻烦了，真不明白我到底做错了什么……"

第14章 福灵剂

说完,她也一头冲出了更衣室。

哈利穿过拥挤的人群,走过场地,返回城堡,许多人都大喊大叫地祝贺他,但是他觉得内心沮丧极了。他本来以为只要罗恩赢了这场比赛,罗恩和赫敏肯定会立刻重归于好。他不知道怎么才能跟赫敏解释清楚,她是因为吻了威克多尔·克鲁姆才得罪了罗恩,事情已经过去那么久了,这叫他怎么说呢?

哈利在格兰芬多的庆祝晚会上没有看见赫敏。他赶到时,晚会正在热烈地进行。人们看到他进来,又爆发出一片掌声和欢呼声,祝贺的人群很快就把他团团围住了。他没有能够马上去找罗恩。克里维兄弟俩想写一篇极为详细的比赛分析,哈利好不容易才摆脱了他们。接着一大群女生又把他围在中间,不管他说什么没趣儿的话,她们都放声大笑,还一个劲儿地冲他挤眉弄眼,他费了好大工夫才得以脱身。最后,他总算甩掉了罗米达·万尼——她强烈地暗示希望能跟哈利一起去参加斯拉格霍恩的圣诞晚会。哈利躲闪着朝饮料桌走去时,迎面撞上了金妮,侏儒蒲阿圆趴在她的肩膀上,克鲁克山眼巴巴地跟在她脚边喵喵叫。

"在找罗恩?"金妮问,然后嘲笑地说,"他在那儿呢,这个卑鄙的伪君子。"

哈利朝她手指的那个墙角望去。果然,罗恩和拉文德·布朗当着整个休息室的人紧紧搂抱在一起,难解难分,简直分不清哪只手是谁的。

"他好像在啃她的脸,是不是?"金妮冷静地说,"我想他需要提高一下技术。比赛打得不错,哈利。"

她拍了拍他的胳膊。哈利感到心里一阵翻腾,可是接着她就走过去给自己倒黄油啤酒了。克鲁克山颠儿颠儿地跟在她后面,一双黄眼睛死死地盯着阿因。

看来罗恩一时半会儿还脱不开身,哈利转回身,却正好看到肖像洞口合上了。他心知不妙,因为他好像瞥见一蓬浓密的褐色头发从那里一闪而过。

他赶紧再次避开罗米达·万尼,冲过去一把推开胖夫人的肖像。外面的走廊里似乎空无一人。

"赫敏?"

他试着推开了第一间没上锁的教室,果然看见了赫敏。她独自一人坐在讲台上,一群叽叽喳喳的小黄鸟绕着她的头顶飞来飞去,显然是她刚才凭空变出来的。即使在这样的时刻,哈利也忍不住赞叹她的魔法技艺实在高超。

"噢,你好,哈利,"她用一种冷漠的声音说,"我正在练习呢。"

"是啊……它们……嗯……真不错……"哈利说。

他不知道该对她说些什么。他正猜想她是不是并没有注意罗恩,她是不是因为晚会太吵才离开休息室的,可是,紧接着便听见她用不自然的尖细声音说:"罗恩好像在庆祝会上玩得蛮开心的。"

"嗯……是吗?"哈利说。

"你别假装没有看见他。"赫敏说,"他可没有刻意躲起来,不是吗——"

他们身后的门突然被撞开了。哈利惊恐地看见罗恩拽着拉文德的手,嘻嘻哈哈地走了进来。

"噢。"他看见哈利和赫敏,便一下子停住了。

第14章 福灵剂

"哎哟!"拉文德咯咯笑着退出了教室,门在她身后关上了。

教室里一片可怕的、酝酿着惊涛骇浪的沉默。赫敏盯着罗恩,罗恩没去看她,却用一种尴尬的、虚张声势的古怪腔调说:"嘿,哈利!我还纳闷你跑哪儿去了呢!"

赫敏从讲台上滑了下来。那群金黄色的小鸟继续围着她的脑袋叽叽喳喳地飞,这使她看上去像一个奇怪的、长着羽毛的太阳系模型。

"你不应该让拉文德在外面等你。"她平静地说,"她会纳闷你跑哪儿去了。"

她昂着头,很慢很慢地朝门口走去。哈利看了一眼罗恩,罗恩似乎因为没出现更糟的局面而松了口气。

"万弹齐发!"门口传来一声尖叫。

哈利猛地转身,看见赫敏正用魔杖指着罗恩,脸上的表情十分激动。那群小鸟像无数沉甸甸的金色子弹一齐朝罗恩射去,罗恩惨叫着用手捂住脸,可是小鸟来势凶猛,在它们够得着的每片皮肤上又啄又挠。

"让它们滚!"他大叫,可是赫敏脸上带着最后一点复仇的怒火,猛地拧开门走了出去。在门砰然关上时,哈利好像听见了一声抽泣。

第 15 章

牢不可破的誓言

雪花又在窗外旋舞,扑打着结冰的窗棂,圣诞节转眼将至。海格已经独自一人搬来了礼堂里每年少不了的十二棵圣诞树;楼梯栏杆上都缠了冬青和金属箔;甲胄的头盔里闪烁着长明蜡烛,走廊里每隔一段都挂上了一大束一大束的槲寄生。每次哈利从走廊上走过,总会有一堆堆的女孩聚在槲寄生下面,造成交通堵塞。幸好哈利频繁的夜游使他对城堡的秘密通道摸得透熟,能够不太困难地在课间绕过有槲寄生的路线。

这种绕道以前会让罗恩感到嫉妒而不是开心,现在他却只是哈哈大笑。虽然哈利觉得这个嘻嘻哈哈的新罗恩比前几星期那个郁闷、好斗的罗恩好得多,可这种改变却代价高昂。首先,哈利不得不经常看到拉文德·布朗,这女孩似乎觉得一刻不亲吻罗恩都是浪费;第二,哈利再次成了两个似乎决意老死不相往来的人的好朋友。

罗恩手上和胳膊上还带着赫敏的小黄鸟袭击留下的伤痕,他一副防备和怨恨的口气。

第15章 牢不可破的誓言

"她没什么可抱怨的,"他对哈利说,"她亲了克鲁姆,结果发现也有人想亲我。嘿嘿,自由国家嘛,我没做错什么。"

哈利没有回答,假装专心地看明天上午魔咒课前要读完的那本书(《第五元素:探索》)。他虽然决心继续做这两个人的朋友,但现在很多时候都闭着嘴巴。

"我从没对赫敏承诺过什么。"罗恩嘟囔道,"我确实要跟她一起去参加斯拉格霍恩的圣诞晚会,可她从来没说……只是朋友……我是自由人……"

哈利把《第五元素:探索》翻过一页,知道罗恩在看着他。罗恩的声音低了下去,在炉火的噼啪声中几乎听不见了,但哈利好像又听到了"克鲁姆"和"没什么可抱怨的"之类的话。

赫敏的时间表太满,哈利到晚上才能跟她正经说上话,反正这时罗恩被拉文德缠得紧紧的,顾不到哈利在干什么。只要有罗恩在,赫敏就不肯坐在公共休息室里,所以哈利一般到图书馆去找她,这意味着谈话要悄悄地进行。

"他爱亲谁就亲谁好了,"赫敏说,图书馆管理员平斯女士正在后面的书架间巡视,"我才不在乎呢。"

她举起羽毛笔,给正在写的字母 i 狠狠加上一点,结果把羊皮纸戳了个窟窿。哈利没吱声,他觉得嗓子一直不用都快要失声了。他把头埋得更低一点儿,继续在《高级魔药制作》永久型药剂一节上做笔记,有时会停下来辨认一番王子对利巴修·波拉奇添加的有用补充。

"顺便说一句,"过了一会儿赫敏说,"你要小心点儿。"

"跟你说最后一遍,"哈利悄悄地说,这是他闷了四十五分钟后第一次开口,声音有点哑,"这书我不还了,我从混血王子这儿学到的比斯内普和斯拉格霍恩——"

"我不是说你那个愚蠢的所谓王子,"赫敏凶巴巴地瞪了他的书一眼,好像它惹了她似的,"我是说刚才,到这儿来之前,我去盥洗室,那儿有一打女孩子,包括罗米达·万尼,都在讨论怎么能让你喝下迷情剂。她们都希望能被你带去参加斯拉格霍恩的晚会,而且好像都买了弗雷德和乔治的迷情剂,我要说的是,恐怕这玩意儿可能会让——"

"你怎么没把那些东西没收了呢?"哈利问,赫敏维护规章制度的癖好却在这节骨眼上松懈下来,他似乎觉得不可思议。

"她们没把药水带进盥洗室,"赫敏轻蔑地说,"只是在讨论计策。我怀疑就连混血王子,"她又凶巴巴地瞪了那本书一眼,"也想不出法子同时弄出十几种不同迷情剂的解药,换了我就赶快邀请一个人——这样别人就不会觉得还有机会了。就是明天晚上嘛,她们都急眼了。"

"我找不到一个想邀请的人。"哈利嘟囔道,还是尽量不去想金妮,虽然她总是在他梦中出现,并且出现的方式让他由衷庆幸罗恩不会摄神取念。

"好吧,那你喝东西可得当心,罗米达·万尼看上去可是认真的。"赫敏阴沉地说。

她把那卷长长的羊皮纸朝上拉了拉,唰唰地接着写她那篇算术占卜课的论文。哈利看着她,思绪在很远的地方。

"等一等,"他慢吞吞地说,"费尔奇不是把韦斯莱魔法把戏坊买的东西都禁止了吗?"

第15章 牢不可破的誓言

"谁在乎过费尔奇禁止什么?"赫敏随口说道,一边还在专心写文章。

"不是所有的猫头鹰都要被检查吗?那些女孩子怎么能把迷情剂带进学校呢?"

"弗雷德和乔治把它们当香水和咳嗽药水送来,这是猫头鹰订单服务的一部分。"

"你知道的真多。"

赫敏凶狠狠地瞪了他一眼,像刚刚瞪他那本《高级魔药制作》一样。

"这些都在他们暑假里给我和金妮看的瓶子背后写着呢。"她冷冷地说,"我可不会在别人饮料里下药……或假装下药,那也一样恶劣……"

"是,好了,别介意。"哈利忙说,"问题是费尔奇给耍了,是不是?这些女孩子把东西伪装一下就可以带进学校!那马尔福为什么不能带项链——?"

"哦,哈利……别又提那个……"

"啊,为什么?"哈利追问。

"你看,"赫敏叹了一口气,说道,"探密器能发现恶咒、毒咒和隐藏咒,是吧?它们是被用来探测黑魔法和黑魔法用品的,能在几秒钟内探测到一个威力强大的咒语,比如项链上的那个。但是装错瓶子的东西就检测不出来了——再说,迷情剂不是黑魔法,没有危险——"

"你说得倒轻巧。"哈利嘟囔道,一边想到了罗米达·万尼。

"——所以就要靠费尔奇来发现它不是咳嗽药水了,可他并不是很高明的巫师，我怀疑他并不能区分——"

赫敏突然打住，哈利也听到了，身后阴暗的书架间有人走近。他们等了一会儿，平斯女士那秃鹫般的面孔从拐角露了出来，凹陷的面颊、羊皮纸似的皮肤和长长的鹰钩鼻，被她手里提的灯照得格外分明。

"图书馆该关门了，"她说，"把借的书放回原——你对那本书干了什么？你这邪恶的孩子！"

"这不是图书馆的，是我自己的！"哈利赶紧说，一边从桌上拿起那本《高级魔药制作》，可平斯女士鹰爪般的手已经抓了过去。

"抢劫！"她嘶声说，"亵渎！玷污！"

"不过是在书上写了点字！"哈利辩解着把书从她手里拽了回去。

她看上去就像要发病，赫敏匆匆收拾好东西，抓住哈利的胳膊把他拖走了。

"你要是不小心点儿，她会禁止你进图书馆的。你干吗非得带上那本愚蠢的书？"

"她乱叫乱嚷又不是我的错，赫敏。你说她会不会听到你说费尔奇的坏话？我总觉得他们之间有点什么……"

"哦，哈哈……"

他们很高兴又能正常说话了，于是一边沿着亮灯的空荡荡的走廊往公共休息室走，一边争论着费尔奇和平斯女士是否有私情。

"一文不值。"哈利对胖夫人说，这是节日的新口令。

"你也一样。"胖夫人调皮地笑着，向前旋开把他们让了进去。

第15章　牢不可破的誓言

"嘿，哈利！"哈利刚钻出肖像洞口，罗米达·万尼就说，"要喝一杯鳃囊草水吗？"

赫敏回头向他丢了一个"我说什么来着？"的眼色。

"谢谢，不用了，"哈利忙说，"我不大爱喝。"

"那，拿上这个吧，"罗米达把一个盒子塞到他手里，"巧克力坩埚，里面有火焰威士忌。我奶奶寄给我的，可是我不喜欢……"

"这——好吧——多谢了，"哈利说，他想不出别的话，"哦——我是跟……"

他匆匆跟着赫敏走开了，声音渐渐低下去。

"跟你说了，"赫敏简明地说，"趁早邀请一个人，她们就不会来烦你了——"

她脸上突然变得一片木然，因为她看到罗恩和拉文德正纠缠在一起，挤在一把扶手椅上。

"晚安，哈利。"赫敏说，其实才七点钟，她没再说别的，径自回女生宿舍了。

哈利上床时安慰自己：只要再对付一天的课和斯拉格霍恩的晚会，就可以跟罗恩一起去陋居了。看来罗恩与赫敏不可能在节前和好，但假期也许能让他们俩冷静下来，反省一下自己的行为。

但希望不是太大，第二天他跟那两人一起熬过了变形课之后，觉得希望更渺茫了。他们已经上到人体变形这个特别难的课题。这节课要求对着镜子使自己的眉毛变色。赫敏刻薄地嘲笑罗恩灾难性的第一次尝试——罗恩让自己长出了两撇惹眼的八字胡。罗恩以牙还牙，每次麦格教授提问时，他都惟妙惟肖地恶意模仿赫敏在座位上跳起坐下，拉文德和帕瓦蒂觉得好笑极了，赫敏又差点哭了出来。下课铃一响她就冲出教室,一半的东西都没拿。哈利觉得此刻她比罗恩更需要安慰,便收拾起她的东西追了出去。

终于追到了。赫敏刚从楼下盥洗室出来,旁边是卢娜·洛夫古德,正在胡乱地拍着她的后背。

"哦,你好,哈利,"卢娜说,"你知道你有一根眉毛是金黄的吗?"

"嘿,卢娜。赫敏,你的东西没拿。"

哈利把她的书递了过去。

"哦,对了。"赫敏哽咽地说,一边接过自己的东西,又迅速扭过头去,掩饰她在用文具袋抹眼泪,"谢谢你,哈利。我得走了……"

她匆匆离去,没有给哈利说安慰话的机会,老实讲他也想不出合适的话来。

"她有点儿不高兴,"卢娜说,"起先我还以为是哭泣的桃金娘呢,没想到是赫敏。她提到了罗恩·韦斯莱……"

"是啊,他们吵架了。"

"罗恩有时候说话怪有趣的,是不是?"两人一起走在走廊上,卢娜说,"可是也会有点刻薄,我去年就发现了。"

"是吧。"哈利说,卢娜又像她往常那样——一语道破令人不快的真相,他还真没见过像她这样的人,"你这学期过得好吗?"

"哦,还行。D.A.没有了,有点孤单,但金妮很好。那天她在变形课上制止了两个男生叫我'疯姑娘'——"

"你今晚愿意跟我去参加斯拉格霍恩的晚会吗?"

这句话脱口而出,哈利已来不及阻止,他觉得好像是一个不

第15章 牢不可破的誓言

认识的人在说话。

卢娜那双向外突出的眼睛惊讶地转向了他。

"斯拉格霍恩的晚会?跟你?"

"对,"哈利说,"我们都要带客人,所以我想你也许……我的意思是……"他急于澄清自己的意图,"我的意思是,只是作为朋友,你明白。但如果你不愿意……"

他已经有点儿希望她不想去了。

"啊,不,我愿意作为朋友跟你去!"卢娜笑逐颜开,哈利从没见过她这么灿烂的笑容,"还没人邀请过我参加晚会呢,作为朋友!你是不是为这个还染了眉毛?我也要染吗?"

"不用,"哈利坚决地说,"那是个失误。我要请赫敏帮我变回来。那么,我八点在门厅等你。"

"**啊哈!**"头上一个声音怪叫道,把两人都吓了一跳。他们没注意刚才正好从皮皮鬼的下面走过,他倒挂在一个枝形吊灯上,正朝他们龇牙咧嘴地坏笑。

"傻宝宝请疯姑娘去参加晚会!傻宝宝爱上了疯姑娘!傻宝宝爱——上了疯姑——娘!"

他嗖地飞走了,一边咯咯地笑,一边尖叫:"傻宝宝爱上了疯姑娘!"

"这些事最好不要张扬。"哈利说。当然,一转眼的工夫,好像全校都知道了哈利·波特邀请卢娜·洛夫古德去参加斯拉格霍恩的晚会。

"你可以带任何人!"吃晚饭时罗恩不敢相信地说,"任何人!可你偏偏选了疯姑娘洛夫古德?"

"别那么说她，罗恩。"金妮责备道，她刚好从哈利身后路过，去找她的朋友，"我真高兴你要带她去，哈利，她可兴奋了。"

她走过去跟迪安坐在了一起。哈利试图为金妮赞同他带卢娜去参加晚会而感到快乐，可是他做不到。赫敏一个人坐得远远的，拨弄着她的炖菜。哈利注意到罗恩正在偷偷地看她。

"你可以去道歉啊。"哈利直率地提议。

"什么？再让一群小鸟来啄我？"罗恩嘟囔道。

"你干吗要模仿她？"

"她笑我的胡子！"

"我也笑了，这是我见过的最滑稽的事。"

但罗恩好像没听见，拉文德和帕瓦蒂刚刚进来。拉文德挤到罗恩和哈利中间，伸出胳膊搂住了罗恩的脖子。

"你好，哈利。"帕瓦蒂说，她好像跟哈利一样，对两位朋友的行为感到有点儿难堪和厌烦。

"你好，"哈利说，"你好吗？你要留在霍格沃茨？我听说你父母想让你回去。"

"我暂时说服了他们。凯蒂的事着实把他们吓坏了，但因为后来一直没事……哦，嘿，赫敏！"

帕瓦蒂满脸带笑，哈利看出她是为变形课上笑了赫敏而感到内疚。他扭头一看，赫敏也是一副笑容，如果可能的话，是比帕瓦蒂还要灿烂的笑容。女孩子有时真是很奇怪。

"嘿，帕瓦蒂！"赫敏说，全然不理会罗恩和拉文德，"你今晚去参加斯拉格霍恩的晚会吗？"

"没人邀请我，"帕瓦蒂沮丧地说，"但是我很想去，听起来

第15章 牢不可破的誓言

很棒……你会去吧？"

"嗯，我八点跟考迈克碰面，我们——"

突然一个声音，好像皮搋子从堵塞的水池里拔出来，罗恩浮出了水面。赫敏好像什么也没听见，什么也没看见。

"——我们一起去。"

"考迈克？"帕瓦蒂问，"你是说考迈克·麦克拉根？"

"对，"赫敏甜甜地说，"就是差一点儿——"她格外强调这个词，"——当上格兰芬多守门员的那个。"

"所以你是跟他好上了？"帕瓦蒂瞪大了眼睛问。

"哦——是啊——你不知道吗？"赫敏说着，非常不像赫敏地咯咯笑起来。

"不会吧！"帕瓦蒂看上去对这个消息大为兴奋，"哇，你果真喜欢魁地奇球员，是不是？先是克鲁姆，然后是麦克拉根……"

"我喜欢真正出色的魁地奇球员。"赫敏纠正她说，依旧面带微笑，"好了，以后再聊……得去准备参加晚会了……"

她走了。拉文德和帕瓦蒂马上把脑袋凑在一起议论这个新情况，包括她们对麦克拉根的一切耳闻，以及她们对赫敏的所有猜测。罗恩表情异常麻木，一言不发。哈利留在那儿，思考着女孩子为了报复可以陷得多深。

晚上八点，他来到门厅，发现有异常多的女孩子在那儿游荡。当他走向卢娜时，她们似乎都在怨恨地盯着他。卢娜穿着一套镶着银色亮片的袍子，这引起一些窃笑，但在其他方面她看上去还蛮不错的。哈利很高兴她没戴萝卜耳环、黄油啤酒瓶塞项链和她的防妖眼镜。

"你好！我们走吧？"

"哦，好啊，"她愉快地说，"晚会在哪儿？"

"斯拉格霍恩的办公室。"哈利带着她登上大理石台阶，离开了那些眼光和嘀咕，"你听说了吗？有吸血鬼要去呢。"

"鲁弗斯·斯克林杰？"卢娜问。

"我——什么？"哈利吃了一惊，问道，"你是说魔法部部长？"

"对，他是个吸血鬼。"卢娜十分肯定地说，"斯克林杰刚接替康奈利·福吉的时候，我爸爸写了一篇很长的文章，可是部里有人不让他发表。显然，他们不想泄露真相！"

哈利觉得说鲁弗斯·斯克林杰是吸血鬼太荒唐了，但他习惯了卢娜把她父亲的怪念头当真事讲，便没有说话。斯拉格霍恩的办公室已经近了，笑声、音乐声和响亮的说话声随着他们的脚步而增强。

不知道是本来如此，还是施了魔法，斯拉格霍恩的办公室比一般教师的房间大得多。天花板和墙壁上挂着翠绿、深红和金色的帷幔，看上去像在一个大帐篷里。房间里拥挤闷热，被天花板中央挂着的一盏金色华灯照得红彤彤的。灯里有真的小仙子在舞动，每个小精灵都是一个明亮的光点。远处一个角落传来响亮的、听起来像用曼陀铃伴奏的歌声；几个谈兴正浓的老男巫头上被烟斗的青雾笼罩；一些家养小精灵在丛林般的小腿间吱吱穿行，托着沉甸甸的银制餐盘，盘子把他们的身体都遮住了，看上去就像漫游的小桌子。

"哈利，我的孩子！"哈利和卢娜一挤进门，斯拉格霍恩便声如洪钟地叫道，"进来，进来，有这么多人要让你见见呢！"

第15章　牢不可破的誓言

斯拉格霍恩戴着一顶带缨穗的天鹅绒帽子，与他的吸烟衫很相配。他不由分说地领着哈利走进人群，把哈利的胳膊抓得紧紧的，好像要带他幻影移形似的。哈利拉住卢娜的手，拽着她一起走。

"哈利，我想让你见见埃尔德·沃普尔，我以前的学生，《血亲兄弟：我在吸血鬼中生活》的作者——当然，还有他的朋友血尼。"

沃普尔是个戴眼镜的小个子男人，他抓住哈利的手热切地握着。吸血鬼血尼又高又瘦，眼睛下有黑圈，他只是对哈利点了点头，一副倦怠的样子，一群女孩站在他旁边叽叽喳喳，好奇而兴奋。

"哈利·波特，我太高兴了！"沃普尔说，一边瞪着近视的双眼仰望哈利的面孔，"我那天还跟斯拉格霍恩教授说呢，我们大家拭目以待的《哈利·波特传》在哪儿呢？"

"呃，"哈利说，"是吗？"

"果然像霍拉斯说的那么谦虚！"沃普尔说，"但说真格的——"他态度一变，突然像谈起了生意，"我很愿意写这本书——人们渴望更多地了解你，亲爱的孩子，渴望！如果你能接受我的几次采访，每次四五个小时，保证几个月就能成书。不会费你什么事，我保证——问问血尼是不是——血尼，别走！"沃普尔突然变得神色严厉，因为吸血鬼朝旁边那群女孩蹭了过去，眼里带着饥饿的光。"给你，吃块馅饼。"沃普尔说着从一个托盘子的小精灵那儿抓过一块，塞到血尼手中，然后又把注意力转到哈利身上。

"亲爱的孩子，你能赚多少钱啊，你想象不到——"

"我实在不感兴趣。"哈利坚决地说，"我看到了一个朋友，对不起。"

他拖着卢娜挤进人群；他确实看到一头浓密的褐色长发，好像消失在了古怪姐妹演唱组的两位成员之间。

"赫敏！赫敏！"

"哈利！你在这儿，太好了！嘿，卢娜！"

"你怎么了？"哈利问，赫敏看上去凌乱不堪，好像刚从魔鬼网中挣脱出来。

"哦，我刚逃脱——我是说，我刚离开了考迈克。"她说，见哈利还在询问地看着她，又解释地加了一句，"在槲寄生底下。"

"谁让你跟他来的。"哈利严厉地说。

"我想他最能惹罗恩生气。"赫敏冷静地说，"我考虑过扎卡赖斯·史密斯，但是我想，总体上——"

"你考虑过史密斯？"哈利反感地问道。

"是啊，我现在希望选择的是他，跟麦克拉根相比，格洛普都显得像个绅士。我们到那边去,可以看到他过来,他那么高……"

三人向房间那头挤去，一边抓过几只装着蜂蜜酒的高脚杯，等到发现特里劳尼教授一个人站在那儿时，已经来不及了。

"您好。"卢娜礼貌地说。

"晚上好，亲爱的。"特里劳尼教授费了点劲才看清了卢娜。哈利又闻到了雪利料酒的气味。"最近我课上没见到你……"

"嗯，我今年选了费伦泽的课。"卢娜说。

"哦，当然，"特里劳尼教授带着怒气，醉醺醺地干笑一声，说道，"我喜欢叫他驽马。你们可能以为，我回来了，邓布利多教授会把那匹马打发走吧？可是没有……我们还要分摊上课……这是一种侮辱，说真的，侮辱。你知道……"

第15章 牢不可破的誓言

特里劳尼教授似乎醉得没有认出哈利。趁着她在激烈抨击费伦泽，哈利凑近赫敏说："我们现在说清楚，你打算告诉罗恩你干预了守门员选拔吗？"

赫敏扬起眉毛。

"你真以为我做得出那种事？"

哈利目光犀利地看着她。

"赫敏，如果你能邀请麦克拉根——"

"那不一样，"赫敏傲然道，"我没打算告诉罗恩守门员选拔中本来会发生什么，或不会发生什么。"

"那就好，"哈利热切地说，"不然他又会崩溃，我们下一场又完了——"

"魁地奇！"赫敏气呼呼地说，"男孩子就只关心这个吗？考迈克没问过一个关于我本人的问题，一直给我大讲特讲考迈克·麦克拉根的一百个惊险救球——哎呀，他来了！"

她动作快得像幻影移形，前一秒还在这儿，下一秒就从两个大笑的女巫中间钻过去消失了。

"看到赫敏了吗？"一分钟后，麦克拉根从人堆里挤过来问道。

"没有，对不起。"哈利说完，赶紧转身加入卢娜的谈话，一时竟忘记了她面前的那个人是谁。

"哈利·波特！"特里劳尼教授用带着回响的深沉声音叫了起来，第一次注意到了哈利。

"啊，您好。"哈利冷漠地说。

"我亲爱的孩子！"她说，声音很小，但传得很远，"那些谣传！那些故事！救世之星！当然，我早就知道了……兆头总是不好，哈利……可是你为什么不来上占卜课了呢？对你来说，这门课尤为重要啊！"

"啊，西比尔，我们都觉得自己的课最重要！"一个洪亮的声音说。斯拉格霍恩出现在特里劳尼教授的另一边，他面色通红，天鹅绒帽子有点歪，一手端着蜂蜜酒，一手举着一块巨大的百果馅饼，"可是我想，我从没见过这样一个魔药领域的天才！"他用宠爱的、有些充血的眼睛看着哈利，"有天赋——像他妈妈！我只教过几个天资这么高的学生，我可以告诉你，西比尔——就连西弗勒斯——"

哈利惊恐地看到斯拉格霍恩伸出一只胳膊，像是从空气中把斯内普钩了出来。

"别偷偷摸摸的，来跟我们聊聊，西弗勒斯！"斯拉格霍恩快活地打着饱嗝说，"我正谈到哈利在魔药学上的特殊才能！当然也有你的功劳，你教了他五年！"

斯内普被斯拉格霍恩的胳膊箍住肩膀，动弹不得，他的目光顺着鹰钩鼻子落到哈利身上，黑眼睛眯缝着。

"有趣，我从没觉得我教会过波特任何东西。"

"哦，那就是天才呀！"斯拉格霍恩叫道，"你没看见他第一节课交给我的生死水——从没见过哪个学生第一次能做得比他更好，我想就连你，西弗勒斯——"

"是吗？"斯内普平静地说，眼睛像钻子似的盯着哈利。哈利有点不安，唯恐斯内普追究起他的魔药新才华的来源。

"提醒我一下，你还修了什么课，哈利？"斯拉格霍恩问。

"黑魔法防御术、魔咒课、变形课、草药课……"

第15章 牢不可破的誓言

"简而言之,是做一个傲罗需要学的所有课程。"斯内普说,带着微微一丝冷笑。

"是的,我就是想当傲罗。"哈利倔强地说。

"你会成为一名优秀的傲罗!"斯拉格霍恩声音洪亮地说。

"我觉得你不应该当傲罗,哈利。"卢娜出人意料地说,大家都看着她,"傲罗是腐牙阴谋的一部分。我以为大家都知道呢。他们想利用黑魔法和牙龈病从内部搞垮魔法部。"

哈利噗嗤一笑,把一半蜂蜜酒吸到鼻腔里。真的,光为这个带卢娜来也值了。他从杯子上抬起头,咳嗽着,脸上湿漉漉的,依然带着笑,接下来看到的一件事,像是有意要让他兴致更高:德拉科·马尔福被费尔奇揪着耳朵朝这边走了过来。

"斯拉格霍恩教授,"费尔奇呼哧呼哧地说,下巴上的肉抖动着,金鱼眼中闪着抓到学生调皮捣蛋时那种疯狂的光芒,"我发现这个男孩躲在楼上走廊里。他说是受到你的邀请来参加晚会,还说动身时被耽搁了。你给他发请柬了吗?"

马尔福挣脱了费尔奇的手,看上去气急败坏。

"好吧,没邀请我,"他愤愤地说,"我想闯进来,满意了吧?"

"不,我不满意!"费尔奇说,这话与他脸上的得意全然不符,"你有麻烦了!校长不是说未经允许晚上不许乱走动吗?嗯?"

"没关系,阿格斯,没关系,"斯拉格霍恩挥了挥手说,"圣诞节嘛,想参加晚会又不是罪过。这次就算了吧,下不为例。德拉科,你可以留下。"

费尔奇那愤慨和失望的表情自不待说。但令哈利纳闷的是,马尔福为什么差不多同样不高兴呢?斯内普看马尔福的眼神为什么既愤怒又……这可能吗？……有点害怕？

哈利还没来得及弄清眼前所见，费尔奇已经转身拖着步子，小声嘟囔着走开了，马尔福也已经整理出一副笑脸，感谢斯拉格霍恩的宽宏大量，斯内普的表情又平静得深不可测。

"没什么，没什么，"斯拉格霍恩一摆手，说道，"毕竟，我认识你的祖父……"

"他一向对您称赞有加，先生，"马尔福马上说，"说您是他知道的最好的魔药专家……"

哈利瞪着马尔福，不是为这马屁而惊奇（马尔福之前都是这样奉承斯内普的），而是马尔福看上去确实有点病态。很久以来他第一次这么近距离地观察马尔福。他发现马尔福眼睛下面有黑圈，皮肤明显有些发灰。

"我有话跟你说，德拉科。"斯内普突然说。

"哎呀，西弗勒斯，"斯拉格霍恩说，又打了一个饱嗝，"圣诞节，别太严厉——"

"我是他的院长，严厉不严厉应由我决定。"斯内普简短地说，"跟我来，德拉科。"

两人走了，斯内普在前，马尔福气呼呼地后面跟着。哈利犹豫地站了片刻，然后说："我去去就来，卢娜——哦——去盥洗室。"

"好的。"卢娜愉快地说。哈利匆匆钻进人群时，似乎听见她又对特里劳尼教授讲起了腐牙阴谋，特里劳尼教授好像还真感兴趣。

出来之后，哈利从兜里抽出隐形衣披到身上，这样做倒不难，因为走廊上空荡荡的，但是要找到斯内普和马尔福就没这么容易

第15章 牢不可破的誓言

了。哈利跑了起来,斯拉格霍恩办公室里仍在传出的音乐与谈话声掩盖了他的脚步声。也许斯内普把马尔福带到他的地下办公室去了……也许正在把他送回斯莱特林的公共休息室……但哈利还是把耳朵贴到一扇扇门上。当他凑近走廊上最后一间教室的钥匙孔时,顿觉一阵狂喜,他听到了说话声。

"……不能再出纰漏了,德拉科,要是你被开除——"

"那事跟我无关,知道吗?"

"我希望你说的是真话,因为那件事拙劣而又愚蠢,你已经受到怀疑了。"

"谁怀疑我?"马尔福生气地问,"再说最后一遍,不是我干的,知道吗?那个叫贝尔的女孩肯定有个没人知道的仇人——别那样看着我!我知道你在干什么,我又不傻,可是你不会得逞——我能阻止你!"

停了一阵,斯内普轻声说:"哦……看来贝拉特里克斯姨妈教过你大脑封闭术了。你有什么念头想瞒着你的主人呢,德拉科?"

"我没想瞒着他,我只是不要你插在里面。"

哈利把耳朵贴得更紧一些……是什么使马尔福开始对斯内普这样说话的呢?对斯内普,马尔福可是好像一直尊敬有加,甚至挺喜欢他的啊?

"所以你这学期躲着我?怕我干涉?你要知道,德拉科,如果换了别人,我多次叫他来我办公室而他不来——"

"你就会关禁闭!报告邓布利多!"马尔福讥笑道。

又停了一阵,斯内普说:"你很清楚我不想做这些事。"

"那你最好别再叫我去你的办公室。"

"听我说,"斯内普的声音压得太低了,哈利把耳朵使劲贴在钥匙孔上才能听到,"我想帮助你。我对你母亲发过誓要保护你。我立了牢不可破的誓言,德拉科——"

"看来你必须打破了,因为我不需要你的保护。这是我的工作,他分派给我的,我正在做。我有一个计划,会成功的,只是时间比我预计的要长一些!"

"你的计划是什么?"

"你管不着!"

"如果你告诉我,我可以帮你——"

"我已经有了足够的帮手,谢谢,我不是一个人!"

"你今晚无疑是一个人,这是极其愚蠢的,在走廊里游荡,没有岗哨也没有后援。这些是低级错误——"

"本来有克拉布和高尔跟着我,可是你关了他们的禁闭!"

"小声点儿!"斯内普警告道,因为马尔福这时激动得提高了嗓门,"你的朋友克拉布和高尔这次要想通过黑魔法防御术的 O.W.L. 考试,还得多下点儿功夫——"

"通不过有什么关系?黑魔法防御术——只是一个笑话,一场戏,对不对?就好像我们中间有谁需要黑魔法防御——"

"这是一场对成功非常关键的戏,德拉科!"斯内普说,"你想想,如果我不会演戏,这些年会在哪儿?听我说!你现在很不谨慎,夜里到处乱走,被人当场抓住,还有,如果你依赖克拉布和高尔这样的助手——"

"不是只有他们,我身边还有别人,更强的人!"

第 15 章 牢不可破的誓言

"为什么不能告诉我，我可以——"

"我知道你在打什么主意！你想抢我的功劳！"

又停了一阵，斯内普冷冷地说道："你说话像个小孩子。我很理解你父亲入狱令你心烦意乱，但——"

哈利几乎连一秒钟的思想准备都没有，就听到马尔福的脚步声在门那边响起。他赶紧闪到一边，门已砰然打开，马尔福大步朝走廊那头走去，经过斯拉格霍恩办公室敞开的门口，转过远处的拐角不见了。

哈利大气不敢出，继续蹲伏着，斯内普慢慢走出教室，表情深不可测，回去参加晚会了。哈利蹲在隐形衣下，脑子飞快地转动着。

第 16 章

冰霜圣诞节

"**斯**内普说要帮他？他真的说要帮他？"
"如果你再问一遍，"哈利说，"我就把这甘蓝塞到——"
"我只是核实一下！"罗恩说。他们站在陋居厨房的水池前，为韦斯莱夫人削小山似的一堆球芽甘蓝。雪花在他们前面的窗户外飘飘地飞舞。

"是，斯内普说要帮他！"哈利说，"他说答应过马尔福的妈妈要保护他，而且还立过一个牢不可破的誓言什么的——"

"牢不可破的誓言？"罗恩目瞪口呆，"不，他不可能……你确定？"

"是啊，我确定。"哈利说，"但是这意味着什么呢？"

"牢不可破的誓言是不能违背的……"

"这一点我自己也估计出来了，不瞒你说。那么，要是违背了会怎么样呢？"

"死。"罗恩简单地说，"我五岁的时候，弗雷德和乔治想让我立一个，我差点儿就立了，已经在跟弗雷德握手什么的，被爸

第 16 章 冰霜圣诞节

爸发现了，他气疯了，"罗恩眼里闪动着回忆的光芒，"这是我唯一一次看到爸爸像妈妈那样发火。弗雷德说他左半边屁股从此不一样了。"

"好了，先不说弗雷德的左半边屁股——"

"说什么哪？"弗雷德的声音说，双胞胎兄弟走进了厨房。

"啊，乔治，看看，他们在用小刀呢。上帝保佑他们。"

"我还有两个月多一点就十七岁了，"罗恩暴躁地说，"到时候就能用魔法了！"

"但在此之前，"乔治说着坐到厨房桌前，把脚跷到了桌上，"我们可以欣赏一下你示范怎样正确使用——哎哟。"

"都是你害的！"罗恩恼火地说，一边吮着割破的拇指，"你等着，我满了十七岁——"

"我相信你会用迄今没人想到的魔法把我们镇住。"弗雷德打着哈欠说。

"说到迄今没人想到的魔法，罗恩，"乔治说，"我们听金妮说，你和一个小姑娘有情况，如果我们的情报没错的话，那小姑娘叫拉文德·布朗。这是怎么回事？"

罗恩有点脸红，转身削起了甘蓝，但似乎并没有不高兴。

"别多管闲事。"

"好刺人的回答，"弗雷德说，"真不知道你是怎么想的，我们想知道的是……怎么会呢？"

"什么意思？"

"那女孩是不是出了车祸什么的？"

"什么？"

"她怎么会这样大面积脑损伤啊？小心！"

韦斯莱夫人走进来时，刚好看到罗恩把削甘蓝的小刀向弗雷德掷了过去。弗雷德懒洋洋地一挥魔杖，把小刀变成了一架纸飞机。

"罗恩！"韦斯莱夫人勃然大怒，"别让我再看见你扔刀子！"

"我不会，"罗恩说，他回身转向甘蓝山时，小声加了一句："——让你看见的。"

"弗雷德，乔治，对不起，莱姆斯今天晚上来，比尔只能跟你们两个挤一挤了！"

"没问题。"乔治说。

"查理不回来，所以哈利和罗恩正好可以住阁楼，如果芙蓉跟金妮住——"

"——那金妮的圣诞节就——"弗雷德嘟囔道。

"——每个人应该都挺舒服。好吧，至少都有张床。"韦斯莱夫人的语气有些烦躁。

"珀西那张丑脸肯定不会出现吧？"弗雷德问。

韦斯莱夫人转过身去，然后答道：

"不会，我想他忙着呢，在部里。"

"或者他是世界上最大的蠢货，"韦斯莱夫人离开厨房时弗雷德说，"二者必居其一。我们走吧，乔治。"

"你们干什么去？"罗恩问，"不能帮我们削甘蓝吗？你们可以用一下魔杖，我们就解放了。"

"我想不能，"弗雷德一本正经地说，"这是非常磨炼性格的，学习不用魔法削甘蓝，能让你体会到麻瓜和哑炮是多么不

第16章 冰霜圣诞节

容易——"

"——如果你想求人帮忙，罗恩，"乔治接着说，一边把纸飞机掷回给他，"就不会朝他们扔刀子。一点儿忠告。我们到村里去，那儿的纸店有个很漂亮的女孩，她觉得我的纸牌戏法神奇极了，简直像真正的魔法……"

"饭桶，"罗恩阴沉地说，看着弗雷德和乔治从落满积雪的院子里走了出去，"他们只要花十秒钟，我们俩就也能去了。"

"我不行，"哈利说，"我向邓布利多保证过在这儿不会跑出去。"

"哦，对了。"罗恩又削了几个甘蓝，然后说，"你要把斯内普和马尔福的对话告诉邓布利多吗？"

"嗯，我要告诉所有能制止他们的人，邓布利多是第一位。我也许还要跟你爸爸谈谈。"

"可惜你没听到马尔福到底在干什么。"

"我没法听到，是不是？这是最关键的，他都不肯告诉斯内普。"

沉默了一会儿，罗恩说："当然，你知道他们会怎么说。我爸爸、邓布利多和所有的人，他们会说斯内普不是真的想帮助马尔福，只是为了探出马尔福在干什么。"

"他们没听到他的口气，"哈利断然说道，"没人能演得那么像，即使是斯内普。"

"是啊……我只是说说。"罗恩说。

哈利转身看着他，皱起了眉头。

"你相信我吧？"

"我相信！"罗恩忙说，"真的，我相信！可是他们都相信斯内普是凤凰社的，对不对？"

哈利没说话，他已经想到这将是他的新证据最有可能遭到的反驳。他甚至都能听见赫敏在说：

"显然，哈利，他是在假装帮忙，骗马尔福对他说实话……"

但这只是想象，因为他还没找到机会跟赫敏说他听到的事情。他回去之前赫敏就从斯拉格霍恩的晚会上消失了，至少气愤的麦克拉根是这么说的。等哈利回到公共休息室，她已经睡觉去了。他第二天一大早就跟罗恩出发到陋居来了，只来得及祝她一句圣诞快乐，并说放假回来后有非常重要的消息告诉她。但他不太确定赫敏有没有听见，罗恩和拉文德正在他后面用不说话的方式进行告别。

但是，就连赫敏也无法否认一个事实：马尔福肯定在干着什么勾当，并且斯内普是知情的。所以哈利觉得有充分理由说"我告诉过你"，这句话他已经跟罗恩说了好几遍。

哈利没找到机会跟韦斯莱先生谈，他每天都在部里工作到很晚，直到圣诞节前一天。韦斯莱一家和客人们坐在客厅里，金妮把这间屋子装饰得五彩缤纷，花团锦簇，简直像发生过一场纸拉花的爆炸。只有弗雷德、乔治、哈利和罗恩知道圣诞树顶上的小天使其实是一个花园地精。弗雷德在拔圣诞晚餐用的胡萝卜时被这个地精咬了脚脖子，于是它被施了昏迷咒，涂成金色，塞进一件小芭蕾舞裙，背上粘了一对小翅膀，在树顶上对他们怒目而视。这是哈利见过的最丑的天使，长着土豆似的大秃脑袋，脚上还有很多毛。

第16章 冰霜圣诞节

他们都得听韦斯莱夫人最喜欢的歌手塞蒂娜·沃贝克的圣诞广播,她的歌声从大木头收音机中婉转流出。芙蓉似乎觉得塞蒂娜非常乏味,她在角落里大声说话,韦斯莱夫人皱着眉头,不停地用魔杖调整音量开关,使塞蒂娜唱得越来越响。在一首爵士味特别浓的曲子《一埚火热的爱》的掩护下,弗雷德、乔治跟金妮玩起了噼啪爆炸牌。罗恩的眼睛老是偷瞟比尔和芙蓉,似乎想学点儿什么技巧。卢平更瘦了,也比以往显得更为憔悴,他坐在壁炉边,盯着炉火深处,仿佛听不见塞蒂娜的声音。

　　哦,来搅搅我的这锅汤,
　　如果你做得很恰当,
　　我会熬出火热的爱,
　　陪伴你今夜暖洋洋。

"我们十八岁时跟着这音乐跳过舞!"韦斯莱夫人用手里织的毛线擦了擦眼睛,"你还记得吗,亚瑟?"

"唔?"剥着小蜜橘打起了瞌睡的韦斯莱先生说,"哦,是啊……多棒的曲子……"

他努力坐直了一点儿,扭头看着坐在旁边的哈利。

"对不起啊,"他把脑袋朝收音机那边一摆,塞蒂娜已经唱起了副歌,"就快完了。"

"没事的。"哈利咧嘴一笑,说道,"部里忙吗?"

"非常忙,要是有进展也就罢了,可是我怀疑这两个月逮捕的三个人里,没有一个是真正的食死徒——不过别说出去,哈利。"

他马上加了一句，看上去一下子清醒了许多。

"他们不会还关着桑帕克吧？"哈利问。

"恐怕还关着呢，我知道邓布利多曾经为桑帕克直接向斯克林杰进言……所有跟他谈过话的人都认为他像这小蜜橘一样不可能是食死徒……可是上面想显得有所进展，'逮捕三人'听起来比'误捕三人，后释放'好听多了……不过，这都是高度机密。"

"我不会说的。"哈利说。他犹豫了一下，不知道怎么切入他想讲的话题。当他整理思绪时，塞蒂娜已开始唱《你用魔法勾走了我的心》。

"韦斯莱先生，你还记得我去学校之前在车站告诉你的事吗？"

"我查过了，哈利。"韦斯莱先生马上说，"我去搜查了马尔福的家，没有发现不该有的东西，无论是碎的还是完整的。"

"嗯，我知道，我在《预言家日报》上看到你去搜查了……可这次不一样……更加……"

他对韦斯莱先生讲了马尔福与斯内普的密谈。在他们说话的时候，他看到卢平的脑袋稍稍偏向他们，聆听每一句话。他说完后一阵沉默，只听到塞蒂娜的低吟：

哦，我可怜的心，它去了哪里？
它离开了我，被魔法勾去……

"你有没有想过，哈利，"韦斯莱先生说，"斯内普只是假装——"

第 16 章 冰霜圣诞节

"假装要帮忙,以便发现马尔福在干什么?"哈利立刻说,"是啊,我想你会这么说的,可是我们怎么知道呢?"

"这不是我们的事。"卢平出人意料地说。他现在背对着炉火,隔着韦斯莱先生面对哈利。"是邓布利多的事。邓布利多信任西弗勒斯,对我们来说这应该就够了。"

"可是,"哈利说,"假如——假如邓布利多看错了斯内普——"

"有人这么说过,许多次了。说到底是你相不相信邓布利多的判断。我相信,所以,我信任西弗勒斯。"

"可是邓布利多也会犯错,"哈利争辩道,"他自己说过。你——"

他盯着卢平的眼睛。

"——你真喜欢斯内普?"

"我既不喜欢也不讨厌西弗勒斯。"卢平答道,见哈利显出怀疑的表情,他又说,"哈利,我说的是真话。也许我和他永远不会成为知心好友;在詹姆、小天狼星和西弗勒斯之间发生那些事情以后,积怨太多。但我不会忘记我在霍格沃茨任教的那年,斯内普每个月帮我配狼毒药剂,配得非常好,使我在满月时无须像过去那么痛苦。"

"可是他'无意中'走漏了你是狼人的消息,结果你只好离开!"哈利愤然道。

卢平耸了耸肩膀。

"这件事总会泄漏的。我们都知道他想要得到我的职位,但他只需在药里做点手脚,就可以把我害得更惨。他让我保持健康,我应该心存感激。"

"也许有邓布利多监视,他不敢在药里下手?"

"你是决心要恨他,哈利,"卢平无力地一笑,"我理解,詹姆是你父亲,小天狼星是你教父,你继承了一种成见。你当然可以把你对亚瑟和我说的话告诉邓布利多,但别指望他跟你看法一致,甚至别指望他会吃惊。也许西弗勒斯是奉了邓布利多的命令去问德拉科的。"

……而今你已把它撕破
请把我的心还给我!

塞蒂娜以一个长长的高音结束了她的演唱,收音机里传出响亮的掌声,韦斯莱夫人也兴奋地鼓掌。

"完了?"芙蓉大声说,"谢天谢地,好难听——"

"睡觉前喝点饮料怎么样?"韦斯莱先生跳起来高声问道,"谁要蛋酒?"

"你最近在干什么?"哈利问卢平,韦斯莱先生跑去拿蛋酒,其他人都舒展着身体,聊起了天。

"哦,我在地下工作,"卢平说,"几乎真的是在地下。所以我没能写信,哈利,寄信给你会暴露的。"

"你说什么?"

"我生活在我那些人当中,我的同类。"卢平说,"狼人,"他见哈利有些不解,又补充道,"他们几乎全都是伏地魔一边的。邓布利多需要一个间谍,我正好是……现成的。"

听起来他有点像发牢骚,他自己可能也察觉了,便又笑得更

第16章 冰霜圣诞节

热情了一些，说道："我不是抱怨，这是必要的工作，谁能比我更胜任这份工作呢？只不过，取得他们信任很难。我带着曾经在巫师中生活过的明显印记，而他们向来避开正常的社会，生活在边缘地带，偷东西吃——有时候还杀人。"

"他们怎么会喜欢伏地魔呢？"

"大概觉得在他的统治下，他们会过得更好。跟格雷伯克辩论是一件很困难……"

"格雷伯克是谁？"

"你没听说过他吗？"卢平的双手在膝上痉挛地握紧，"芬里尔·格雷伯克或许是当今世上最凶残的狼人。他以咬伤和传染尽可能多的人为己任，想造出大批狼人来打败巫师。伏地魔允诺给他一些猎物作为酬劳。格雷伯克专攻小孩……他说趁小时候咬，然后把孩子从父母身边带走，培养他们仇恨巫师。伏地魔威胁要把格雷伯克放出去咬人家的小孩，这威胁通常很有效。"

卢平停了一会儿，又说："是格雷伯克咬的我。"

"什么？"哈利吃了一惊，"你是说在——在你小时候？"

"是的。我父亲冒犯了他。我有很长时间一直不知道袭击我的狼人是谁。我甚至怜悯他，以为他是控制不住，那时我已经知道一个人变成狼是什么滋味。但格雷伯克并不是那样，满月时他靠近猎物，确保袭击得手。他完全是有预谋的。伏地魔就是用他来召集狼人的。格雷伯克坚持认为我们狼人应该吸血，应该对正常人进行报复，我不敢说我那种理智的辩论对他有多少效果。"

"可你是正常的！"哈利激烈地说，"你只是有一个——一个问题——"

卢平笑了起来。

"有时你让我想起了詹姆的很多事。他当着人就说这是我的'毛茸茸的小问题'。许多人以为我养了一只不听话的兔子。"

他从韦斯莱先生手里接过一杯蛋酒，道了声谢，看上去稍稍快活了一些。哈利听卢平提到他父亲，感到一阵激动，想起了有件事一直打算问卢平。

"你听说过有个叫混血王子的人吗？"

"混血什么？"

"王子。"哈利密切观察卢平有没有想起来的迹象。

"巫师没有王子。"卢平微笑着说道，"你想用这个称号吗？我以为'救世之星'已经够了。"

"这跟我没关系！"哈利抗议道，"混血王子是以前在霍格沃茨待过的人。我拿了他用过的魔药课本。他在上面写满了咒语，他发明的咒语。有一个是倒挂金钟——"

"哦，这个咒语在我上霍格沃茨的时候很流行。"卢平怀旧地说，"我五年级时有几个月，经常有人被提着脚脖子倒吊在空中，没法动弹。"

"我爸爸用过它。"哈利说，"我在冥想盆里看到的，他对斯内普用过。"

他想用不经意的口气，好像只是随口提及，但不知是否达到了这种效果。卢平的笑容里包含着太多的理解。

"是啊，"他说，"但不只他一个人用过。就像我说的，它非常流行……你知道这些咒语都是一阵一阵的……"

"可听起来像是在你上学的那个时期发明的。"哈利坚持道。

第16章 冰霜圣诞节

"不一定。咒语和其他东西一样，都有流行和不流行的时候。"卢平注视着哈利的面孔，然后平静地说，"詹姆是纯血统，哈利，我向你保证，他从来没让我们叫过他'王子'。"

哈利放弃了掩饰，问道："也不是小天狼星？或者你？"

"肯定不是。"

"哦，"哈利望着炉火，"我还以为——他在魔药课上帮了我很大的忙，那个王子。"

"那本书是什么时候的，哈利？"

"不知道，我从来没查过。"

"也许这能帮助你了解王子在霍格沃茨的时间。"卢平说。

没过多久，芙蓉决定模仿塞蒂娜唱《一埚火热的爱》，看到韦斯莱夫人的表情之后，大家都把这当成了上床睡觉的信号。哈利和罗恩爬到阁楼上罗恩的卧室里，那儿为哈利搭了一张行军床。

罗恩几乎一沾枕头就睡着了。哈利上床前从旅行箱里找出《高级魔药制作》翻了翻，终于在前面找到了出版时间。将近五十年了。五十年前他父亲及其朋友们都不在霍格沃茨。哈利失望地把书扔回了箱子里，关上灯，翻了个身，想着狼人和斯内普、桑帕克和混血王子，终于迷迷糊糊地睡着了，梦里尽是鬼魅的阴影和被咬的孩子的哭声……

"她一定是在开玩笑……"

哈利一下子惊醒了，发现床脚放着一只鼓鼓囊囊的长袜。他戴上眼镜环顾四周，小窗几乎完全被雪遮住了，罗恩笔直地坐在窗前的床上，在看一个东西，好像是一条挺粗的金链子。

"那是什么？"哈利问。

"拉文德送的，"罗恩厌恶地说，"她不会真的以为我会戴吧……"

哈利凑近一看，哑然失笑，链子上挂着几个大大的金字：我的甜心。

"不错，漂亮。你一定要在弗雷德和乔治面前戴上。"

"如果你告诉他们，"罗恩说着把项链塞到了枕头底下，"我——我——我就——"

"跟我结巴上了？"哈利笑着说，"行了吧，我会说吗？"

"她怎么会以为我喜欢这种东西呢？"罗恩对着空气问，一副很震惊的样子。

"回想一下，"哈利说，"你有没有流露过喜欢脖子上挂着我的甜心出去招摇的想法？"

"嗯……我们没说多少话，"罗恩说，"主要是……"

"亲嘴。"

"是啊。"罗恩犹豫了一会儿，又说，"赫敏真的跟麦克拉根好上了？"

"不知道，斯拉格霍恩的晚会上他们在一起来着，可是我看并没有那么好。"

罗恩心情似乎稍微好了些，又到袜子里头去掏礼物。

哈利的礼物包括一件胸前有金色飞贼的毛衣，是韦斯莱夫人亲手织的，双胞胎兄弟送的一大盒韦斯莱魔法把戏坊的产品，还有一个有点潮湿、带着霉味的包裹，标签上写着：致主人，克利切。

哈利瞪着它。"你说打开它安全吗？"

"不可能是危险品，我们的邮件仍然都经过魔法部的检查。"

第 16 章　冰霜圣诞节

罗恩答道,不过他怀疑地打量着那个包裹。

"我没想到给克利切送东西!人们一般会给家养小精灵送圣诞礼物吗?"哈利问,一边小心地捅着包裹。

"赫敏会。还是先看看是什么再内疚吧。"

片刻之后,哈利大叫一声,从行军床上跳了下来,包裹里是一大堆蛆。

"不错,"罗恩哈哈大笑,"想得很周到。"

"我宁可要这个也不要那条项链。"哈利说,罗恩立刻冷静下来。

坐下吃圣诞午餐时,每个人都穿着新毛衣,除了芙蓉(韦斯莱夫人似乎不愿在她身上浪费一件)和韦斯莱夫人自己。韦斯莱夫人戴着一顶崭新的女巫帽,夜空一样的深蓝底色上闪烁着小星星般的钻石,还有一串夺目的金项链。

"弗雷德和乔治送给我的!漂亮吧?"

"我们越来越感激你了,妈妈,现在我们自己洗袜子了。"乔治说,一边潇洒地一挥手,"要防风草根吗,莱姆斯?"

"哈利,你头上有一条蛆。"金妮快活地说,隔着桌子欠身帮他拿掉了。哈利感到脖子上起了鸡皮疙瘩,但与那条蛆无关。

"哦,好恶心。"芙蓉说,做作地哆嗦了一下。

"可不。"罗恩说,"要肉卤吗,芙蓉?"

他急于献殷勤,把肉卤盘碰飞了。比尔一挥魔杖,肉卤升到空中,顺从地落回盘里。

"你跟那个唐克斯一样笨,"芙蓉亲了一下比尔之后对罗恩说,"她总是打翻——"

"我邀请了亲爱的唐克斯,"韦斯莱夫人重重地放下胡萝卜,瞪着芙蓉说,"可她不肯来。你最近跟她谈过吗,莱姆斯?"

"没有,我跟谁都没有多少联系。但唐克斯要回她自己的家,是不是?"

"嗯,"韦斯莱夫人说,"也许吧。我感觉她是打算一个人过圣诞节。"

她恼火地看了卢平一眼,好像她摊到芙蓉而不是唐克斯当儿媳全是卢平的错。哈利望望正用她自己的叉子喂比尔吃火鸡的芙蓉,感到韦斯莱夫人早就输定了。但他想起了关于唐克斯的一个问题,觉得问卢平是最合适的。卢平对守护神无所不知。

"唐克斯的守护神变了,斯内普说的。我不知道会有这种事。守护神为什么会变呢?"

卢平不慌不忙地嚼着火鸡,咽下之后缓缓地说道:"有时……遭到大的打击……感情剧变……"

"它看上去很大,有四条腿,"哈利说,突然他闪过一个念头,压低声音说,"嘿……不会是——?"

"亚瑟!"韦斯莱夫人突然叫道。她从椅子上站起来,手捂着心口,瞪着厨房窗外。"亚瑟——是珀西!"

"什么?"

韦斯莱先生回过头,大家都立刻望着窗外,金妮站起来,以便看得更清楚。果然是珀西·韦斯莱,正踏着院中的积雪大步走来,粗框眼镜在阳光下一闪一闪。然而他并不是一个人。

"亚瑟,他——他是跟部长一起来的!"

果然如此,哈利在《预言家日报》上见过的那人正跟在珀西

第16章 冰霜圣诞节

后面,他有一点儿跛,长而厚密的灰发和黑斗篷上落了片片白雪。大家谁也没来得及说话,韦斯莱夫妇刚交换了一个吃惊的眼神,后门就开了,珀西站在了门口。

一阵难堪的沉默,珀西生硬地说:"圣诞快乐,妈妈。"

"哦,珀西!"韦斯莱夫人叫着扑到了他怀里。

鲁弗斯·斯克林杰在门口停了下来,他拄着拐杖,微笑地看着这感人的一幕。

"打扰了,请原谅。"他说,这时韦斯莱夫人已转向他,笑吟吟地擦着眼睛,"珀西和我在附近——办事,您知道——他忍不住要来看看你们。"

但珀西并没有跟其他人打招呼的意思。他直挺挺地站在那儿,显得很不自然,目光越过众人的头顶。韦斯莱先生、弗雷德和乔治都板着面孔看着他。

"请进,坐吧,部长!"韦斯莱夫人慌乱地说,一边扶正自己的帽子,"吃一点窝鸡,或补丁①……我是说——"

"不用,不用,亲爱的莫丽。"斯克林杰说。哈利猜想他在进屋前向珀西打听了韦斯莱夫人的名字。"我不想打扰,要不是珀西这么想见你们,我也不会来……"

"哦,珀西!"韦斯莱夫人含泪叫道,踮起脚尖去亲珀西。

"……我们只待五分钟,我到院子里走走,你们跟珀西多聊一会儿。不不,我真的不想打扰你们!嗯,如果有人愿意带我参观一下你们可爱的花园……啊,那个小伙子吃完了,你陪我散散

---

① 韦斯莱夫人因为激动把"火鸡"和"布丁"都说得走了样。

步可以吗？"

餐桌旁的气氛明显变了，大家的目光从斯克林杰转移到了哈利身上。没人真的相信斯克林杰不知道哈利的名字，也没人觉得哈利被选中陪部长到花园散步很自然，因为金妮、芙蓉和乔治的盘子也都空了。

"好啊。"哈利打破沉默，说道。

他没有上当，斯克林杰说是在附近办事，珀西想来看看家人，但这才是他们来的真正原因：为了斯克林杰能跟哈利单独谈话。

"没事。"经过卢平身边时他小声说，因为他看到卢平正要从椅子上站起来。"没事。"看到韦斯莱先生张嘴要说话，他又加了一句。

"太好了！"斯克林杰向后退去，让哈利先走出门外，"我们就在花园里转转，然后我和珀西就走。继续吧，各位！"

哈利穿过院子朝杂草丛生、覆盖着白雪的韦斯莱家花园走去，斯克林杰一跛一跛地走在旁边。哈利知道他曾是傲罗办公室主任。他看上去很结实，身经百战，跟戴着圆礼帽、大腹便便的福吉大不一样。

"很漂亮，"斯克林杰说，他在花园篱笆前停下来，望着落满积雪的草坪和辨认不出的植物，"很漂亮。"

哈利没说话。他感觉到斯克林杰在观察他。

"我早就想见见你了，"过了一会儿斯克林杰说，"你知道吗？"

"不知道。"哈利诚实地说。

"哦，是的，早就想了。但邓布利多很护着你。"斯克林杰说，"当然，这很自然，很自然，在你经历了那些之后……尤其是部里发

第16章 冰霜圣诞节

生的事……"

他想等哈利说些什么，但哈利没有理睬，于是他又说道："我上任之后一直希望有机会跟你谈谈，但是被邓布利多阻止了。我说过——这是完全可以理解的。"

哈利还是一言不发，等待着。

"传闻沸沸扬扬！"斯克林杰说，"当然，我们都知道这些故事传得多么走样……传说有一个预言……说你是'救世之星'……"

哈利想，话题现在接近斯克林杰的来意了。

"……我想邓布利多跟你谈过这些事情吧？"

哈利犹豫着，不知该不该说谎。他望着花坛四周的地精脚印，还有那块翻开的地皮，弗雷德就是在这里抓住了那个现在穿着芭蕾舞裙站在圣诞树顶的地精。最后他决定说实话……或说一点儿实话。

"对，我们谈过。"

"你们有没有，有没有……"哈利用眼角的余光看到斯克林杰正在注视着他，便假装对一个从结冰的杜鹃花丛下探出脑袋的地精很感兴趣，"邓布利多跟你说了什么，哈利？"

"对不起，这是我们之间的事。"哈利说。

他尽可能地让声音听上去很愉快，斯克林杰的语气也轻松而友好："哦，当然，如果是秘密，我不想让你泄漏……不，不……再说，你是不是救世之星真的要紧吗？"

哈利琢磨了几秒钟后做出了回答。

"我不大懂您的意思，部长。"

"当然，对你来说非常要紧，"斯克林杰说着大笑起来，"然而对于巫师界……最要紧的是理念，是不是？人们相信的东西才是重要的。"

哈利没有搭腔。他觉得隐约看到了谈话会导向哪里，但他不想帮斯克林杰达到目的。杜鹃花丛底下的地精在树根附近挖起了虫子，哈利的眼睛一直盯着它。

"人们相信你是救世之星。你知道，"斯克林杰说，"他们认为你是英雄——你是英雄，哈利，不管是不是救世之星！你已多少次面对那个连名字都不能提的人了？总之，"他不等哈利回答，继续说了下去，"要紧的是，你在许多人的心目中是希望的象征，哈利。知道有人能，甚至注定能摧毁那个连名字都不能提的人——自然会让人们感到鼓舞。我不禁感到，一旦你认识到这一点，也许就会觉得你几乎有义务跟魔法部合作，给大家以信心。"

地精刚捉住一条虫子，正在使劲拉扯，想把虫子从冻硬的地里拽出来。哈利沉默了很久，斯克林杰看看他又看看地精，说道："有趣的小家伙，是不是？可是你怎么想呢，哈利？"

"我不大明白你想要我做什么。"哈利缓缓地说，"'跟魔法部合作'……是什么意思？"

"哦，一点也不麻烦，我向你保证。比方说，如果你能时不时地出入魔法部，那就会给人一个有利的印象。当然，在部里的时候，你有许多机会和加德文·罗巴兹，也就是接替我的傲罗办公室主任多谈谈。多洛雷斯·乌姆里奇跟我说过你有志当一名傲罗。这很容易安排……"

哈利感到怒火中烧：这么说乌姆里奇还在魔法部？

第 16 章 冰霜圣诞节

"所以总的说来,"他说,好像只想澄清几点事实,"你想让大家以为我在为魔法部效力?"

"看到有你更多地参与,大家会受到鼓舞的,哈利,"斯克林杰说,他似乎对哈利这么快就领悟了他的话感到很欣慰,"救世之星,你明白……就是要给人希望,让人感到激动人心的事情在发生……"

"可如果我出入魔法部,"哈利说,仍然努力保持友好的语气,"不会让人觉得我赞成部里的做法吗?"

"呃,"斯克林杰说道,微微皱了皱眉头,"是的,也正是因为这个,我们希望——"

"不,我想不行,"哈利彬彬有礼地说,"您知道,我不喜欢魔法部做的某些事情,比如关押斯坦·桑帕克。"

斯克林杰一时没说话,但脸色马上沉了下来。

"我不指望你理解,"他说,但没能像哈利那样做到话语中不流露怒气,"现在形势危险,某些措施是必要的。你才十六岁——"

"邓布利多可远远不止十六岁,他也不赞成把斯坦·桑帕克关在阿兹卡班。"哈利说,"你把斯坦·桑帕克当成替罪羊,同时又想把我当成福神。"

两人互相瞪视了许久,最后斯克林杰不再伪装友善了,说道:"我看得出,你希望——像你心目中的英雄邓布利多一样——脱离魔法部?"

"我不想被利用。"

"有人会说你有义务为魔法部效力!"

"是,有人会说你有义务在把人关进监牢前先查明他是不是食死徒。"哈利说,他的火气上来了,"你所做的跟巴蒂·克劳奇一样。你们这些人从来就没有做对过,是不是?要么是福吉,有人在他眼皮底下被杀了还假装天下太平;要么就是你,关押无辜,还假装有救世之星在为你工作!"

"你不是救世之星?"斯克林杰问。

"你不是说这不重要吗?"哈利说,讽刺地笑了一声,"至少对你不重要。"

"我不该那么说,"斯克林杰立刻说,"措辞不当——"

"不,这很诚实,"哈利说,"是你对我说过的少数实话之一。你不关心我的死活,你在意的是要我帮你使大家相信你在战胜伏地魔。我没忘记,部长……"

他举起右拳,冰冷的手背上那道伤痕发着白光,是乌姆里奇逼他刻下的字迹:我不可以说谎。

"当我告诉大家伏地魔回来了的时候,并没看见你冲出来帮助我,魔法部去年可没这么热心交朋友。"

两人僵立在那儿,气氛像他们脚下的土地一样冰冷。地精终于把虫子拽了出来,靠在杜鹃花丛最低的那几根枝条上开心地吮吸着。

"邓布利多在干什么?"斯克林杰唐突地问,"他不在霍格沃茨的时候会去哪儿?"

"不知道。"

"你就是知道也不会告诉我,是不是?"

"是的,不会。"

"好吧,我只有看看能不能用其他办法搞清楚了。"

第16章 冰霜圣诞节

"你可以试试,"哈利冷漠地说,"不过你看上去比福吉聪明,所以我认为你会吸取他的教训。他企图干涉霍格沃茨,你也许注意到他已经不是部长了,但邓布利多还是校长。如果我是你,就不去干涉邓布利多。"

一阵长时间的沉默。

"我看出他在你身上做得很成功,"斯克林杰说,金丝边眼镜后的眼睛冷漠而严厉,"你彻头彻尾是邓布利多的人,对不对,波特?"

"对,我是,"哈利说,"很高兴我们说清了这一点。"

他转身丢下魔法部部长,大步朝屋里走去。

第 17 章

混沌的记忆

过完新年几天后的一个傍晚，哈利、罗恩和金妮在厨房炉火边排队准备返回霍格沃茨。魔法部安排了这个一次性的飞路网连接，好让学生快速安全地返校。只有韦斯莱夫人为他们送行，韦斯莱先生、弗雷德、乔治、比尔和芙蓉都要上班。韦斯莱夫人在说再见时流泪了。不得不说，近来一丁点儿小事都会引起她的伤感。自从圣诞节那天珀西眼镜上被泼了防风草根酱（弗雷德、乔治和金妮都有功劳），冲出家门之后，她就时不时地会哭起来。

"别哭，妈妈，"金妮拍着她的背说，韦斯莱夫人这时正伏在她的肩头抽泣，"没事的……"

"就是，别为我们担心，"罗恩说，让母亲在他面颊上印下一个湿漉漉的吻，"也别为珀西担心，他是这么个傻瓜，没啥可惜的，是不是？"

韦斯莱夫人搂住哈利，抽泣得更厉害了。

"答应我要照顾好自己……别惹麻烦……"

第17章 混沌的记忆

"我一直是这样的,韦斯莱夫人,"哈利说,"我喜欢安静的生活,你知道。"

她含着眼泪笑了,退到了后面。

"那么,要好好的,你们每一个……"

哈利走进碧绿的炉火,喊了声"霍格沃茨!"最后瞥了一眼韦斯莱家的厨房和韦斯莱夫人的泪容,就被火焰包围了。在高速旋转中他模糊地看见一些巫师的房间,都是没等看清就一闪而过。然后他转得慢下来,端端正正地停在麦格教授办公室的壁炉里。他爬出来时,正在工作的教授几乎连头都没抬。

"晚上好,波特。别把地毯弄上太多的灰。"

"好的,教授。"

哈利戴正眼镜,抹平头发,罗恩也旋转着出现了。金妮到了之后,三人一起走出麦格教授的办公室,朝格兰芬多塔楼走去。哈利望了望走廊窗户外面,太阳已经落到地平线上,场地上的积雪比陋居花园里的还要深。远处可以看到海格在他的小屋前喂巴克比克。

"一文不值。"罗恩走到胖夫人跟前,自信地说。胖夫人看上去比平时更加苍白,听到他的大嗓门后畏缩了一下。

"不对。"她说。

"什么,'不对'?"

"换口令了。请不要嚷嚷。"

"可是我们离校了,怎么知道——"

"哈利!金妮!"

赫敏朝他们奔了过来,脸红通通的,穿着斗篷,戴着帽子和手套。

"我两小时前回来的。刚才去看了海格和巴克——我是说鹰翼。"她上气不接下气地说,"你们圣诞节过得好吗?"

"嗯,"罗恩马上说,"事儿挺多的,鲁弗斯·斯克林杰——"

"哈利,我有个东西要给你,"赫敏没看罗恩,好像根本没有听到他说话,"哦,等等——口令,戒酒。"

"正确。"胖夫人有气无力地说,旋开身体,露出了肖像洞口。

"她怎么了?"哈利问。

"显然是圣诞节玩得太疯了。"赫敏翻了翻眼睛,带头走进了拥挤的公共休息室,"她跟她的朋友维奥莱特,把魔咒课教室走廊旁那幅画着几个醉修士的图画里的酒全喝光了。总之……"

她在口袋里掏了一会儿,抽出一卷有邓布利多笔迹的羊皮纸。

"太好了,"哈利立刻展开它,发现他下一次跟邓布利多上课的时间就在明天晚上,"我有好多事要告诉他——还有你。我们坐下来吧——"

就在这时,他们忽然听见了一声响亮的尖叫:"罗-罗!"拉文德不知从哪儿冲了出来,扑进了罗恩怀里。旁边有几个人咻咻地笑着。赫敏银铃般地笑了一声,说道:"那边有张桌子……过去吗,金妮?"

"不,谢谢,我说好要去见迪安的。"金妮说。哈利不禁注意到她不是很有热情。罗恩和拉文德纠缠于一种直立式摔跤姿势,哈利就带着赫敏走到了那张空桌子前。

"你圣诞节过得怎么样?"

"哦,挺好的,"她耸了耸肩膀,"没什么特别的,罗-罗家呢?"

第17章 混沌的记忆

"待会儿告诉你。"哈利说,"喂,赫敏,你就不能——?"

"不能,"她坚决地说,"所以问都别问。"

"我想,也许过了圣诞节——"

"喝了一大桶五百年陈酒的是胖夫人,不是我,哈利。你要告诉我的重要消息是什么?"

这会儿她看上去脾气不好,没法跟她争,哈利丢开罗恩这个话题,讲了他听到的马尔福与斯内普的对话。

他说完后,赫敏坐在那儿沉思了片刻,说道:"你不觉得——?"

"——他是假装帮忙,骗马尔福跟他说实话?"

"嗯,是的。"赫敏说。

"罗恩的爸爸和卢平也这么想,"哈利不甘心地说,"但这肯定证明马尔福在密谋什么事情,你不能否认。"

"我不否认。"她缓缓地答道。

"他在执行伏地魔的命令,像我说的那样!"

"嗯……他们有谁提过伏地魔的名字吗?"

哈利皱起眉头,努力回忆。

"我不能确定……斯内普肯定说过'你的主人',那还能是谁?"

"我不知道,"赫敏咬着嘴唇说,"也许是他爸爸?"

她望着屋子那头,显然陷入了沉思,甚至没注意到拉文德在胳肢罗恩。"卢平好吗?"

"不大好,"哈利跟她讲了卢平在狼人中的使命以及他面临的困境,"你听说过芬里尔·格雷伯克吗?"

"听说过!"赫敏显得很吃惊,"你也听说过呀,哈利!"

"什么时候，魔法史课上？你明知道我从来不听……"

"不不，不是魔法史课上——马尔福用他威胁过博金！"赫敏说，"在翻倒巷，你不记得了？他对博金说格雷伯克是他家的老朋友，会来检查博金的进展！"

哈利愣愣地看着她。"我忘了！但这恰恰证明马尔福是食死徒，不然他怎么能接触格雷伯克，并吩咐他做事呢？"

"确实很可疑，"赫敏轻声道，"除非……"

"哦，得了吧，"哈利恼火地说，"你回避不了这个事实！"

"嗯……有可能只是空头威胁。"

"你的话真是让人难以置信。"哈利摇了摇头，说道，"我们以后会看到谁对谁错……你会收回你的话的，赫敏，像魔法部一样。哦，对了，我还跟鲁弗斯·斯克林杰吵了一架。"

晚上剩下的时间是在友好的气氛中度过的，两人共同批判了魔法部部长。赫敏跟罗恩一样认为，魔法部去年让哈利吃了那么多苦头，现在又来找他帮忙，脸皮真够厚的。

第二天早上新学期开始，六年级学生得到一个惊喜：公共休息室的布告栏上前一天晚上钉出了一张大告示。

幻影显形课

如果你已满十七岁或到八月三十一日年满十七岁，便可参加由魔法部幻影显形教员任教、为期十二周的幻影显形课程。

愿意参加者请在下面签名。

学费：十二加隆。

第 17 章 混沌的记忆

哈利和罗恩挤到告示前依次签名的学生中。罗恩刚拿出羽毛笔要在赫敏后面签名,拉文德悄悄走到他身后,用手蒙住了他的眼睛,嗲声嗲气地说:"猜猜是谁,罗-罗?"哈利转身看到赫敏高傲地走开了,就追了上去,他也不想留在罗恩和拉文德旁边。但令他惊讶的是,罗恩在刚过肖像洞口不远处就追上了他们,耳朵通红,好像不大高兴。赫敏一句话没说,加快脚步跟纳威一起走了。

"这个——幻影显形,"罗恩的语气明显告诉哈利不许提刚才的事,"应该挺好玩的吧?"

"不知道,"哈利说,"也许自己做会好一点,邓布利多带我的那次可不大舒服。"

"我忘了你已经做过……我最好一次通过,"罗恩说,显得有点儿担心,"弗雷德和乔治都是一次就通过了。"

"但查理没有,是吧?"

"是的,可查理比我块头大,"罗恩伸长双臂,好像大猩猩那样,"所以弗雷德和乔治没有哪壶不开提哪壶……至少没有当着他的面……"

"我们什么时候可以参加考试?"

"满十七岁就行,我是三月!"

"噢,可你没法在这儿幻影显形,在这城堡里……"

"这不要紧,对不对?只要大家知道我能随意地幻影显形就够了。"

罗恩不是唯一一个为能学习幻影显形而兴奋的人。那一整天都有人在议论要开的这门课程,非常向往能够随意地消失和显形。

"多带劲啊,要是能——"西莫打了个响指代表消失,"我表哥菲戈故意用这招来气我,等我学会了……他就别想有一刻安生……"

他沉浸在憧憬中,挥魔杖的劲儿太足了点,把那天魔咒课作业要变的一股清泉变成了一道水柱,射到天花板上反弹下来,把弗立维教授打趴在地。

"哈利幻影显形过,"在弗立维教授挥动魔杖把自己弄干,并责罚西莫抄写句子我是个巫师,不是乱挥棍子的狒狒之后,罗恩对有点儿羞惭的西莫说,"邓——呃——有人带着他,随从显形过,知道吧。"

"哇!"西莫小声叫道,他、迪安和纳威把脑袋凑在一起,都想听听幻影显形是什么感觉。这一天剩下的时间里,哈利一直被缠着他讲述幻影显形的六年级学生包围。当他说那感觉很不舒服时,他们只是面露敬畏而不是失去兴趣。晚上八点差十分,他们还在要求他回答细节问题,哈利只好谎称要去图书馆还书,才抽身出来赶到邓布利多那儿去上课。

邓布利多办公室的灯亮着,历任校长的肖像在相框里轻轻打着鼾。冥想盆又摆在了桌上,邓布利多双手扶着盆沿,右手仍是焦黑色,似乎一点没有好转。哈利第一百次地纳闷是什么造成了这么特别的损伤,但他没有问。邓布利多说过他以后会知道的,况且他还有另一件事要说。但是没等哈利提起斯内普和马尔福,邓布利多就先开口了。

"我听说你圣诞节见过魔法部部长?"

"是的,他对我不大满意。"

第17章 混沌的记忆

"是啊,"邓布利多叹道,"他对我也不大满意。我们尽量不要因痛苦而消沉,哈利,继续奋斗。"

哈利笑了。

"他要我告诉巫师界,说魔法部干得很出色。"

邓布利多笑了起来。

"这原是福吉的主意。他在任的最后那些天,拼命要保住职位,曾经想要见你,希望你能支持他——"

"在福吉去年做了那些事之后?"哈利愤怒地问,"在乌姆里奇之后?"

"我告诉福吉不可能,但他离职后这个主意并没有消亡。斯克林杰被任命几小时后我们见了一面,他要求我安排和你面谈——"

"你们就为这个发生了争执?"哈利脱口而出,"《预言家日报》上登了。"

"《预言家日报》的确偶尔会报道一些真相,"邓布利多说,"虽然可能是无意的。对,我们就是为此发生了争执。看来鲁弗斯终于设法堵到了你。"

"他指责我'彻头彻尾是邓布利多的人'。"

"他真无礼。"

"我说我是的。"

邓布利多张嘴想说话,但又闭上了。在哈利身后,凤凰福克斯发出一声轻柔、悦耳的低鸣。哈利突然发现邓布利多那双明亮的蓝眼睛有些湿润,他大为窘迫,忙低头看着自己的膝盖。但邓布利多说话时,声音却相当平静。

"我很感动,哈利。"

"斯克林杰想知道你不在霍格沃茨的时候会去哪儿。"哈利仍然盯着膝盖。

"是啊,他很爱打听这个。"邓布利多的声音愉快起来,哈利感到可以抬头了,"他甚至企图盯我的梢,真是有趣。他派德力士跟踪我,这可不大好,我已经被迫对德力士用过恶咒,非常遗憾地又用了一次。"

"所以他们还不知道你去了哪儿?"哈利问,希望就这个他很好奇的问题获得更多信息,但邓布利多只是从半月形眼镜片上方望着他笑了笑。

"是啊,他们不知道,现在告诉你也还为时过早。现在,我建议我们继续上课,除非有别的事——?"

"有,先生,"哈利说,"是关于马尔福和斯内普的。"

"斯内普教授,哈利。"

"是的,先生。我听到他们在斯拉格霍恩教授的晚会上……嗯,实际上是我跟踪了他们……"

邓布利多不动声色地听着。哈利讲完后他沉默了一会儿,然后说道:"谢谢你告诉我,哈利,但我建议你别把这事放在心上。我认为这不是很重要。"

"不是很重要?"哈利不相信地说,"教授,你理解——?"

"是的,哈利,感谢上天赐予我非凡的智力,我理解你对我讲的一切。"邓布利多有点尖锐地说,"我想你甚至可以相信我比你更理解。我很高兴你能告诉我,但我向你保证,你没有说到令我不安的事情。"

第17章 混沌的记忆

哈利坐在那儿瞪着邓布利多，心里像开了锅。这到底是怎么回事？难道邓布利多真的授意斯内普去探明马尔福的动向，他已从斯内普口中听过哈利所说的情况？抑或他实际上很担忧，只是装出一副若无其事的样子？

"那么，先生，"哈利用他希望是礼貌、平静的声音说，"你还是信任——"

"我已经够宽容地答复了这个问题，"邓布利多说，但语气不再宽容，"我的回答没有变。"

"我想也没有。"一个讥讽的声音说。菲尼亚斯·奈杰勒斯显然只是在装睡。邓布利多没有理他。

"现在，哈利，我必须坚持继续上课了。今晚我有更重要的事情跟你讨论。"

哈利不服气地坐在那儿，如果他拒绝转换话题呢，如果他坚持争论马尔福的问题呢？邓布利多摇了摇头，仿佛看透了哈利的心思。

"啊，哈利，这是多么常见的事情，即使在最好的朋友之间！都相信自己要说的比对方的重要得多！"

"我不认为你要说的不重要，先生。"哈利语气生硬地说。

"嗯，你说对了，它确实很重要。"邓布利多轻快地说，"我今晚要给你看两个回忆，它们都来之不易，我想第二个是我收集到的所有回忆中最重要的一个。"

哈利没有说话，还在为他的情报遭受冷遇而生气，但他也看出再争下去没有什么好处。

"所以，"邓布利多朗声说道，"我们今晚要继续汤姆·里德尔的故事，上节课讲到他正要跨入霍格沃茨的门槛。你大概还记得他听说自己是巫师时是多么兴奋，还有他拒绝让我陪他去对角巷，我也警告过他进校后不得继续偷窃。

"新学年开始，汤姆·里德尔来了，一个穿着二手袍子的安静男孩，跟其他新生一起排队参加分院仪式。分院帽几乎是一碰到他的脑袋，就把他分到了斯莱特林学院。"邓布利多继续说着，焦黑的手朝身后一挥，指了指那顶待在他头顶架子上、一动不动的古老陈旧的分院帽，"我不知道里德尔什么时候了解到该学院著名的创始人会说蛇佬腔——也许就是当天晚上。这个消息想必令他十分兴奋，并增加了他的自负。

"或许他在公共休息室里用蛇佬腔吓唬过斯莱特林的同学，好让他们佩服他，然而，这些都没有传到教员们耳朵里。他外表没有露出丝毫的傲慢或侵略性。作为一个资质超常又十分英俊的孤儿，他自然是几乎一到校就吸引了教员们的注意和同情。他看上去有礼貌、安静、对知识如饥似渴。几乎所有的人都对他印象很好。"

"你没告诉他们吗，你在孤儿院见到他时他是什么样子？"

"没有。他尽管未曾表示过忏悔，但也许对以前的行为有所自责，决心重新做人，我选择了给他这个机会。"

邓布利多停了下来，询问地望着哈利。哈利张嘴想说话，因为这又一次证明邓布利多过于信任别人，尽管有确凿的证据表明那些人不值得信任。但哈利想起了什么……

"但是你并不真正相信他，是不是？他告诉我……那个从日记里出来的里德尔说：'邓布利多似乎从来不像其他教师那样喜

第 17 章 混沌的记忆

欢我。'"

"这么说吧,我不是无条件地认为他值得信任。"邓布利多说,"前面已经提过,我决定密切观察他,我确实这么做了。我不能说从一开始的观察中就发现了很多问题。他对我很戒备。我相信他是感觉到了,他在发现自己真实身份时激动难耐,对我说得太多了一点。他小心地注意不再过多地暴露,但他无法收回那些他在兴奋中说漏的话,也无法收回科尔夫人对我吐露的那些。然而,他很明智,没有企图像迷惑我的那么多同事那样来迷惑我。

"在学校的几年里,他在身边笼络了一群死心塌地的朋友,我这么说是因为没有更好的词,但我已经提过,里德尔无疑对他们毫无感情。这帮人在城堡里形成一种黑暗势力,他们成分复杂,弱者为寻求庇护,野心家想沾些威风,还有生性残忍者,被一个能教会他们更高形式残忍的领袖所吸引。换句话说,他们是食死徒的前身,有的在离开霍格沃茨后真的成了第一批食死徒。

"里德尔对他们控制得很严,人们从未发现这帮人公开做坏事,虽然他们在校那七年霍格沃茨发生过多起恶性事件,但都未能确凿地与他们联系起来。最严重的一起当然是密室的开启,造成一名女生死亡。你知道,海格为此案受了冤枉。

"我在霍格沃茨没有找到多少关于里德尔的记忆,"邓布利多说着把他那只枯皱的手放在冥想盆上,"当时认识他的人没有几个愿意谈他,他们太害怕了。我现在所知道的,是在他离开霍格沃茨后,我费了许多的劲儿,寻访少数几个能够被引出话来的人,查找旧时的记录,询问麻瓜和巫师之后才了解到的。

"那些肯帮我回忆的人告诉我,里德尔对他的身世很着迷。

当然这可以理解，他在孤儿院长大，自然想知道他是怎么到那儿去的。看来他曾在奖品陈列室、在学校历史记录的级长名单中，甚至在魔法史书里搜寻过老汤姆·里德尔的踪迹，但一无所获。最后他不得不承认他父亲从未进过霍格沃茨。我相信就是在那时他抛弃了这个名字，改称伏地魔的，并开始调查以前被他轻视的他母亲的家史——你应该记得，他曾认为那个女人既然屈从于死亡这一人类的可耻弱点，就不可能是巫师。

"他唯一的线索只有'马沃罗'这个名字，他从孤儿院管理人员那里得知这是他外祖父的名字。在巫师家族的故纸堆中进行了一番艰苦查询后，他终于发现了斯莱特林家族残存的一支。十六岁那年的夏天，他离开了每年要回去的孤儿院，去寻找他冈特家的亲戚。现在，哈利，请站起来……"

邓布利多站起身，哈利看到他又拿着一个小水晶瓶，里面盛满了打着旋的珍珠色的回忆。

"我能收集到这个非常幸运。"邓布利多一边说一边把那亮晶晶的东西倒进冥想盆，"等我们经历了之后，你就会理解了。可以了吗？"

哈利走近石盆，顺从地俯下身子，将面孔浸入了回忆中。他又体验到那种熟悉的在虚空中坠落的感觉，然后落在一处肮脏的石头地上，周围几乎一片漆黑。

过了几秒钟他才认出了这个地方，这时邓布利多也落在了他身旁。冈特家污秽得无法形容，比哈利见过的任何地方都脏。天花板上结着厚厚的蛛网，地面黑乎乎的，桌上搁着霉烂的食物和一堆生锈的锅。唯一的光线来自一个男人脚边那根摇摇欲灭的蜡

第17章 混沌的记忆

烛。男人的头发胡子已经长得遮住了眼睛和嘴巴。他瘫倒在烛火旁的一张扶手椅上,有那么一刻,哈利甚至猜测他是不是死了,但忽然响起的重重敲门声,使男人浑身一震,醒了过来,他右手举起魔杖,左手拿起一把短刀。

门吱呀一声开了,门口站着一个男孩,提着一盏老式的油灯。哈利立刻认了出来:高个儿,黑头发,脸色苍白,相貌英俊——少年伏地魔。

伏地魔的目光在脏屋子中缓缓移动,发现了扶手椅上的男人。他们对视了几秒钟,男人摇摇晃晃地站起来,脚边的许多酒瓶乒乒乓乓、叮叮当当地滚动着。

"你!"他吼道,"你!"

他醉醺醺地扑向里德尔,高举着魔杖和短刀。

"住手!"

里德尔用蛇佬腔说。那人刹不住脚撞到了桌子上,发了霉的锈锅摔落在地。他瞪着里德尔,两人久久地相互打量,男人先打破了沉默。

"你会说那种话?"

"对,我会说。"里德尔走进房间,门在他身后关上了。哈利不禁对伏地魔的毫无畏惧感到一种恼火的钦佩。伏地魔脸上显出厌恶,也许还有失望。

"马沃罗在哪儿?"他问。

"死了,"对方说,"死了好多年了,不是吗?"

里德尔皱了皱眉。

"那你是谁?"

"我是莫芬,不是吗?"

"马沃罗的儿子?"

"当然是了,那……"

莫芬拨开脏脸上的头发,好看清里德尔。哈利看出他右手上戴着马沃罗的黑宝石戒指。

"我以为你是那个麻瓜,"莫芬小声说,"你看上去特别像那个麻瓜。"

"哪个麻瓜?"里德尔厉声问。

"我妹妹迷上的那个麻瓜,住在对面大宅子里的那个麻瓜。"莫芬说着,出人意料地朝两人之间的地上啐了一口,"你看上去很像他。里德尔。但他现在年纪大了,是不是?他比你大,我想起来了……"

莫芬似乎有点儿晕,他摇晃了一下,但仍扶着桌边。

"他回来了,知道吧。"他傻乎乎地加了一句。

伏地魔盯着莫芬,好像在估计他的潜能。现在他走近了一些,说道:"里德尔回来了?"

"啊,他抛弃了我妹妹,我妹妹活该,嫁给了垃圾!"莫芬又朝地上啐了一口,"还抢我们的东西,在她逃跑之前!挂坠盒呢,哼,斯莱特林的挂坠盒哪儿去了?"

伏地魔没有说话。莫芬又愤怒起来,挥舞着短刀大叫:"丢了我们的脸,她,那个小荡妇!你是谁?到这儿来问这些问题?都过去了,不是吗……都过去了……"

他移开了目光,身子微微摇晃。伏地魔走上前。这时,一片异常的黑暗袭来,吞没了伏地魔的油灯和莫芬的蜡烛,吞没了

第17章 混沌的记忆

一切……

邓布利多的手紧紧抓着哈利的胳膊,两人腾空飞回了现实。在经历了那穿不透的黑暗之后,邓布利多办公室柔和的金黄色灯光令哈利觉得有些刺眼。

"就这些?"哈利马上问,"为什么一下子黑了,发生了什么事?"

"因为莫芬想不起此后的事了。"邓布利多招手让哈利坐下,"他第二天早上醒来时是一个人躺在地上,马沃罗的戒指不见了。

"与此同时,在小汉格顿村,一个女仆在大街上尖叫狂奔,说大宅子的客厅里有三具尸体:老汤姆·里德尔和他的父母。

"麻瓜当局一筹莫展。据我所知,他们至今仍不知道里德尔一家是怎么死的,因为阿瓦达索命咒一般都不留任何伤痕……唯一的例外正坐在我面前。"邓布利多朝哈利的伤疤点了一下头,接着说道,"但魔法部立刻就知道是巫师下的毒手。他们还知道一个素来憎恨麻瓜的人住在里德尔家对面,而且此人曾因袭击此案中的一名被害人而进过监狱。

"于是魔法部找到莫芬,都没用审问,也没用吐真剂或摄神取念,他当即供认不讳,提供了只有凶手才知道的细节,并说他为杀了那些麻瓜而自豪,说他多年来一直在等待这个机会。他交出的魔杖立刻被证明是杀害里德尔一家的凶器。他没有抵抗,乖乖地被带进了阿兹卡班。唯一令他不安的是他父亲的戒指不见了。'他会杀了我的。'他反复对逮捕他的人说,'我丢了他的戒指,他会杀了我的。'那似乎是他后来仅有的话。他在阿兹卡班度过余生,哀悼马沃罗最后一件传家宝的丢失,最后被葬在监狱旁边,与那些死在狱中的其他可怜人葬在一起。"

"伏地魔偷了莫芬的魔杖，用它杀了人？"哈利说着坐直了身体。

"不错，"邓布利多说，"没有回忆证明这一点，但我想应该是八九不离十。伏地魔击昏了他的舅舅，拿走了他的魔杖，穿过山谷到'对面的大宅子'去了，杀死了那个抛弃他那巫师母亲的麻瓜，顺带杀掉了他的麻瓜祖父母，抹去了不争气的里德尔家族，也报复了从来不想要他的那位生父。他回到冈特家，施了一点儿复杂的魔法，把假记忆植入他舅舅的脑子又将魔杖放在它昏迷的主人身旁，然后拿了那枚古老的戒指扬长而去。"

"莫芬从没想到不是他自己干的？"

"没有。我说过，他供认不讳，并且十分自豪。"

"但他一直保留着这段真实的记忆！"

"是的，但需要大量高技巧的摄神取念才能把它引出来。而且莫芬已经认罪，谁还会去挖他的思想呢？但我在他存世的最后几个星期里去探过监，那时我正努力设法了解伏地魔的过去。我好不容易提取了这段回忆，看到这些内容后，我试图争取把莫芬放出阿兹卡班。但魔法部还没有做出决定，莫芬就去世了。"

"可魔法部怎么没想到伏地魔对莫芬做了什么呢？"哈利愤然道，"他当时还未成年，对吧？我以为他们能测出未成年人施的魔法呢！"

"你说得很对——他们能测出魔法，但测不出施魔法者：你还记得魔法部指控你施了悬停咒，而实际上是——"

"多比干的。"哈利低吼道，那次受冤枉依然让他愤愤不平，

第 17 章　混沌的记忆

"所以如果你未成年,你在成年巫师的家里施魔法,魔法部不会知道?"

"他们肯定搞不清是谁施了魔法。"邓布利多说,对哈利大为愤慨的表情微微一笑,"他们靠巫师父母来监督孩子在家中的行为。"

"那是胡闹。"哈利激动地说,"看看发生了什么,看看莫芬!"

"我同意,"邓布利多说,"不管莫芬是什么人,他都不应该那样屈死在狱中,顶着一个他没有犯过的谋杀罪名。但时间已晚,我想在结束前再给你看一段记忆……"

邓布利多从衣服内侧的口袋里又摸出一个小水晶瓶,哈利顿时安静下来,想起邓布利多说这是他收集的记忆中最重要的一个。哈利注意到瓶里的东西不太容易倒进冥想盆,好像有点凝结,难道记忆也会变质吗?

"这个不长,"终于倒空小瓶后,邓布利多说,"我们一会儿就回来。好了,再次进入冥想盆吧……"

哈利又一次掉进了银色物质的表层,这次正落在一个人面前,他立刻认了出来。

这是年轻得多的霍拉斯·斯拉格霍恩,哈利习惯了他的秃顶,看到他此刻一头浓密光泽的淡黄色头发,觉得十分别扭,就好像他在头上盖了茅草,不过头顶已有一块亮亮的、金加隆那么大的秃斑。他的胡子没有现在多,是姜黄色的,身体也不像哈利认识的斯拉格霍恩那样滚圆,但那件绣花马甲的金纽扣已经绷得相当紧了。他一双小脚搁在天鹅绒大脚垫上,半躺在舒适的带翼扶手椅上,手里握着一小杯葡萄酒,另一只手在一盒菠萝蜜饯里挑拣着。

邓布利多出现在身边，哈利环顾四周，发现他们站在斯拉格霍恩的办公室里。六个男孩围坐在斯拉格霍恩旁边，都是十五六岁，椅子都比他的硬或矮。哈利立刻认出了里德尔。他面容最英俊，也是看上去最放松的一个，右手漫不经心地搭在椅子扶手上。哈利心中一震，看到他戴着马沃罗的黑宝石金戒指，这么说这时他已经杀害了他的父亲。

"先生，梅乐思教授要退休了吗？"里德尔问。

"汤姆，汤姆，我知道也不能告诉你。"斯拉格霍恩责备地对他摇晃着一根沾满糖霜的手指，但又眨眨眼睛，使责备的效果略微受到了破坏，"我不得不说，我想知道你的消息是从哪儿得来的，孩子，你比一半的教员知道的都多。"

里德尔微微一笑，其他男孩也笑了起来，向他投去钦佩的目光。

"你这个鬼灵精，能知道不该知道的事，又会小心讨好重要的人——顺便谢谢你的菠萝，你猜中了，这是我最喜欢的——"

几个男孩窃笑时，一件怪事发生了。整个房间突然被白色的浓雾笼罩，哈利只能看到身边邓布利多的脸。斯拉格霍恩的声音在屋里响起，高亢得很不自然："——你会犯错误的，孩子，记住我的话。"

雾散了，跟来的时候一样突然，但是没人提到它，从那些人脸上也看不出刚刚发生过什么异常的事情。哈利困惑地环顾四周，斯拉格霍恩书桌上的金色小钟敲响了十一点。

"老天，已经这么晚了？"斯拉格霍恩说，"该走啦，孩子们，

第17章 混沌的记忆

不然我们就麻烦了。莱斯特兰奇，明天交论文，不然就关禁闭。你也一样，埃弗里。"

斯拉格霍恩从椅子上站起身来，把空杯子拿到桌前，男孩们鱼贯而出。但里德尔落在后面。哈利看得出他在故意磨蹭，希望单独跟斯拉格霍恩留在屋里。

"快点儿，汤姆，"斯拉格霍恩转身发现他还在，说道，"你不想被人抓到你在熄灯时间还待在外面吧，你是级长……"

"先生，我想问您一点事儿。"

"那就快问，孩子，快问……"

"先生，我想问您知不知道……魂器。"

又来了：屋里浓雾弥漫，哈利看不见斯拉格霍恩也看不见里德尔了，只有邓布利多在他身边安详地微笑着。然后斯拉格霍恩的声音再次洪亮地响起，跟刚才一样。

"我对魂器一无所知，即使知道也不会告诉你！马上出去，不要让我再听到你提这个！"

"嗯，就这样，"邓布利多在哈利旁边平静地说，"该走了。"

哈利双脚离开了地面，几秒钟后落回到邓布利多书桌前的地毯上。

"就这些？"哈利茫然地问道。

邓布利多说过这是最重要的记忆，可是哈利看不出重要在哪里。当然，那突如其来的白雾，而且竟然似乎没人注意到它，确实很奇怪，但除此之外好像并没发生什么，只是里德尔问了一个问题，没有得到回答。

"你可能注意到了，"邓布利多坐回桌子后面，说道，"这段记忆被篡改过了。"

"篡改过？"哈利重复道，也坐了下来。

"当然，"邓布利多说，"斯拉格霍恩教授篡改了他自己的记忆。"

"他为什么要那么做呢？"

"因为，我想，他对这段记忆感到羞愧，所以就把它篡改了，使自己体面一些，抹去了他不想让我看到的部分。你也看见了，篡改得很拙劣，这倒是好事，说明真实的记忆还在底下。

"所以，我第一次要给你布置作业了，哈利。你要设法使斯拉格霍恩教授透露真实的记忆，这无疑将成为我们最关键的资料。"

哈利瞪圆了眼望着他。

"可是，先生，"他说，尽量保持语气的恭敬，"您不需要我——您可以用摄神取念……或吐真剂……"

"斯拉格霍恩教授是个非常有能耐的巫师，会防到这两招的。他大脑封闭的功夫比可怜的莫芬高明多了。自从我逼他交给我这个失真的记忆之后，他肯定随身带着吐真剂的解药。

"我想，企图强行从斯拉格霍恩教授那儿获取真相是愚蠢的，弊大于利。我不希望他离开霍格沃茨。不过，他像我们大家一样有自己的弱点，我相信你是能够突破他防线的人。拿到真实的记忆非常重要，哈利……具体有多重要，只有在看了真东西之后才知道。所以，祝你好运……晚安。"

哈利对自己突然被打发走有些吃惊，但还是马上站了起来。

"晚安，先生。"

第17章 混沌的记忆

带上书房的门时,他清楚地听到菲尼亚斯·奈杰勒斯说:"我看不出那男孩怎么能比你更合适,邓布利多。"

"我也不指望你能看出来,菲尼亚斯。"邓布利多答道。福克斯又发出一声悦耳的低鸣。

第 18 章

生日的意外

　　第二天，哈利把邓布利多给他布置的作业告诉了罗恩和赫敏，是分别告诉的，因为赫敏仍然不肯在罗恩面前久待，最多只是轻蔑地白他一眼。

　　罗恩认为哈利在斯拉格霍恩那里不可能会遇到什么麻烦。

　　"他喜欢你，"吃早饭时，罗恩漫不经心地挥着一叉子煎鸡蛋说，"什么都不会拒绝你的，是不是？你是他的魔药小王子。今天下午课后留下来问他好了。"

　　赫敏则悲观一些。

　　"如果连邓布利多都拿不到，他一定是决心隐瞒真相了。"她低声说，这时是课间休息，他们站在积满白雪、冷冷清清的院子里，"魂器……魂器……我都没听说过……"

　　"你没听说过？"

　　哈利很失望，他还指望赫敏能提供一些线索呢。

　　"准是很高级的黑魔法，不然伏地魔为什么想知道？我觉得要搞到这个情报很困难，哈利，你必须非常谨慎，要想个计策，

第 18 章　生日的意外

怎么接近斯拉格霍恩。"

"罗恩说只要我今天魔药课后留下来……"

"哦，既然罗－罗说了，你最好照办，"她顿时火冒三丈，"罗－罗的判断什么时候错过啊？"

"赫敏，你就不能——"

"不能！"她怒气冲冲地甩了一句，转身就走，把哈利一个人丢在齐踝深的雪地里。

这些天的魔药课已经让人够不自在的了，因为哈利、罗恩和赫敏不得不坐在一张桌子旁。今天赫敏把她的坩埚挪到一边，和厄尼挨着坐，对哈利和罗恩两个人都不理了。

"你怎么得罪她了？"罗恩看着赫敏高傲的侧影，小声问哈利。

哈利还没来得及答话，斯拉格霍恩就在前面叫大家安静了。

"请静一静，静一静！快点儿，今天下午有很多事要做！戈巴洛特第三定律……谁能给我讲讲——？当然是格兰杰小姐啦！"

赫敏用最快的速度背道："戈巴洛特第三定律称，混合毒药之解药大于等于每种单独成分之解药之总和。"

"完全正确！"斯拉格霍恩微笑道，"格兰芬多加十分！现在，如果我们承认戈巴洛特第三定律成立……"

哈利只能按斯拉格霍恩的话相信戈巴洛特第三定律成立，因为他压根儿没听懂。除了赫敏之外，似乎谁也没听懂斯拉格霍恩下面的话：

"……当然，这意味着，假使我们已用斯卡平的现形咒正确分析出魔药的成分，我们的首要目标不是简单地选择每种个体成分的解药,而是找到附加成分,它能通过近乎炼金术的程序,把各种互不相干的成分变形——"

罗恩半张着嘴坐在哈利旁边,心不在焉地在他那本崭新的《高级魔药制作》上乱画。罗恩总是忘记他现在听不懂课已经不能再靠赫敏救他了。

"……所以,"斯拉格霍恩最后说,"我要你们每人来我的讲台上拿一个小瓶子,在下课前必须配出瓶中毒药的解药。祝你们好运,别忘了戴防护手套!"

赫敏马上离开凳子朝讲台走去,她走到一半时,其他人才意识到要行动。等哈利、罗恩和厄尼回到桌前,她已经把瓶里的东西倒进了坩埚,在下面点起了火。

"可惜那个王子这次也帮不上你了,哈利,"她直起腰,愉快地说,"你必须理解其中的原理,没法儿投机取巧!"

哈利恼火地拔出瓶塞,把鲜艳的粉红色毒药倒进坩埚,点着了火,一点儿也不知道下面该干什么。他看看罗恩,罗恩傻头傻脑地站在那儿,只是依样做完了哈利所做的事。

"王子真的没有提示吗?"罗恩小声问哈利。

哈利抽出他那本宝贝的《高级魔药制作》,翻到解药那一章。有戈巴洛特第三定律,跟赫敏背的一字不差,但是没有王子写的注释。显然王子跟赫敏一样毫不费力就理解了。

"没有。"哈利沮丧地说。

赫敏劲头十足地在坩埚上方挥舞魔杖,可惜他们模仿不了她的魔咒,因为她现在已很擅长无声咒,不用把咒语念出来。这时厄尼正对着他的坩埚念叨"原形立现!"听起来挺像回事,哈利

第18章 生日的意外

和罗恩赶紧效仿。

只过了五分钟，哈利就意识到他那班上第一魔药师的名声将要毁于一旦。斯拉格霍恩第一次巡视时朝他的坩埚里期待地看了看，正准备像往常那样兴奋地欢呼，却又立即缩回了头，被臭鸡蛋味熏得连连咳嗽。赫敏的表情得意到极点，她受够了每次魔药课上都被人超过。现在她正把那些神秘分离的成分小心地注入十个不同的小水晶瓶。哈利为了避免看到这恼人的情形，只好埋头去看混血王子的书，他猛地翻了几页。

有了，在那一长串解药名字的右边潦草地写着：

只需在嗓子里塞入一块粪石

哈利盯着这行字看了一会儿。粪石他不是听说过吗，很久以前，斯内普在第一堂魔药课上就提到：“山羊胃中的结石，可抵御多种毒药。”

这不是戈巴洛特问题的答案，如果这堂课还是斯内普教，哈利也不敢这么做，但此刻他顾不得了。他冲向储藏柜，推开独角兽角和一堆堆干草药，在里面胡乱地翻找，终于在最里面找到了一个小硬纸盒，上面潦草地写着粪石。

斯拉格霍恩叫道：“还有两分钟，各位！”哈利打开盒子，看见六块皱皱巴巴缩成一团的褐色物体，与其说像石头，不如说像干腰子。他拿了一块，把盒子放回柜中，快步走回坩埚旁。

"时间……到！”斯拉格霍恩愉快地说，"看看你们做得怎么样！布雷司……你的成果如何？”

斯拉格霍恩在教室中缓缓巡视，检查那些五花八门的解药。谁都没有做完，赫敏正争取在斯拉格霍恩过来之前往她的瓶里再塞入几样成分。罗恩彻底放弃了，只是努力避免吸入他坩埚里发出的腐臭气。哈利站在那儿等着，粪石攥在有点汗津津的手里。

斯拉格霍恩最后踱到了他们桌前，闻了闻厄尼的解药，皱着眉朝罗恩走去。他在罗恩的坩埚前没有多待，迅速退开了，有一点作呕。

"你呢，哈利，"他说，"你要给我看什么？"

哈利伸出手，掌心里躺着那块粪石。

斯拉格霍恩低头看了足足十秒钟，哈利都担心他要吼起来了，但他仰起头，放声大笑。

"你真有胆量，孩子！"他捏起粪石，高高地举起来让全班同学看，"哦，真像你母亲……我不能判你错……粪石当然能解所有这些魔药！"

赫敏满脸是汗，鼻子上沾着灰，面色铁青。她那没做完的解药在斯拉格霍恩身后慢吞吞地冒着泡，其中含有五十二种成分，包括一团她自己的头发。可是斯拉格霍恩眼中只有哈利。

"你是自己想到粪石的，是不是，哈利？"赫敏咬着牙问。

"这就是真正的魔药师需要的独立精神！"哈利还没答话，斯拉格霍恩高兴地说，"正像他的母亲，对魔药制作有着天生的悟性，他无疑是得了莉莉的遗传……对，哈利，对，如果你有粪石，那当然管用……不过，因为粪石不是什么毒都能解，而且它十分稀少，所以了解怎样配制解药还是有用的……"

全班唯一比赫敏更恼火的人是马尔福。哈利开心地看到他身

第18章 生日的意外

上洒了猫的呕吐物似的东西。但他们还没来得及对哈利什么也没做就得了全班第一表示愤慨,下课铃就响了。

"收拾东西!"斯拉格霍恩说,"格兰芬多敢于冒险,加十分!"他呵呵地笑着,摇摇摆摆地走回了讲台前。

哈利有意落后,磨磨蹭蹭地收拾书包。罗恩跟赫敏走时都没有祝他好运。两人都气鼓鼓的。最后教室里只剩下了哈利和斯拉格霍恩两个人。

"快点儿吧,哈利,你下节课要迟到了。"斯拉格霍恩亲切地说,一边扣上他那火龙皮公文包的金搭扣。

"先生,我想问你一点儿事。"哈利说,不禁想起了伏地魔。

"那就快问,亲爱的孩子,快问……"

"先生,我想问你知不知道……魂器。"

斯拉格霍恩僵住了,他的圆脸似乎凹陷下去。他舔舔嘴唇,沙哑地问:"你说什么?"

"我问你知不知道魂器,先生。"

"邓布利多让你来的?"斯拉格霍恩低声问。

他的语气完全变了,不再亲切,而是充满了震惊和恐惧。他在胸前的口袋里摸了一会儿,抽出一条手帕擦了擦冒汗的额头。

"邓布利多给你看了那个——那个记忆,是不是?"

"是的。"哈利临时决定最好不要撒谎。

"当然啦,"斯拉格霍恩轻声说,一边还在擦拭苍白的面孔,"当然……如果你看了记忆,哈利,就会知道我对魂器一无所知——一无所知。"他用力重复着这几个字。

然后他抓起火龙皮公文包,把手帕塞回口袋里,朝地下教室外面走去。

"先生,"哈利急切地说,"我只是想,记忆里可能还有一点儿东西——"

"是吗?"斯拉格霍恩说,"那你就错了,是不是?**错了!**"

他吼出最后一个词,不等哈利说话,就砰地带上门走了。

听哈利讲述完这次灾难性的谈话,罗恩跟赫敏都毫不同情。赫敏还在为哈利没好好做功课就取胜而愤愤不平,罗恩则怨恨哈利没有塞给他一块粪石。

"如果我们两个人都那么做,只会显得很愚蠢!"哈利暴躁地说,"你看,我必须设法软化他,才能问他伏地魔的事,对吧?唉,你能不能振作点儿?"见罗恩听到那个名字畏缩了一下,哈利恼怒地说。

哈利对自己的失败以及罗恩、赫敏对自己的态度感到窝火,在后来的几天中,他一直在寻思下一步该拿斯拉格霍恩怎么办,最后决定暂时让斯拉格霍恩以为他已经忘掉了魂器。显然,最好先让对方产生一种安全感,再攻其不备。

哈利没有再去问斯拉格霍恩,魔药教师便对他又恢复了平日的宠爱,似乎把那件事忘到了脑后。哈利等着再接到他那种小聚会的邀请,打定主意这次聚会即使跟魁地奇训练冲突他也要参加。可是他没有等到。他问了赫敏和金妮,她们俩也没有接到邀请,并且据她们所知,别人也没有接到。哈利不禁想到也许斯拉格霍恩并非真的那么健忘,也许他是决意不让哈利有机会去问他了。

与此同时,霍格沃茨的图书馆破天荒第一次令赫敏失望了。她大为震惊,甚至忘了自己还在为哈利用粪石投机取巧而生气。

第18章 生日的意外

"我没有找到一条关于魂器用途的资料!"她对哈利说,"一条都没有!我翻遍了禁书区,甚至看了最可怕的书,教你怎么熬制最恐怖的魔药的那些——都没有!我只在《至毒魔法》的序言中找到了这个,你听——关于魂器这一最邪恶的魔法发明,在此不加论述,亦不予指导……那干吗要提啊?"赫敏恼火地合上那本旧书,旧书发出幽灵般的哀号。"闭嘴!"她没好气地说,把书塞进了书包。

进入二月,学校周围的积雪融化了,取而代之的是凄冷的阴湿。灰紫色的云团低低地压在城堡上空,连绵的寒雨使得草坪变得湿滑、泥泞。结果六年级学生的第一节幻影显形课从场地移到了礼堂里,这门课被安排在星期六上午,以免耽误常规课程。

哈利和赫敏来到礼堂(罗恩和拉文德一起走了),发现桌子都不见了。雨水敲打着高高的窗户,施了魔法的天花板在头顶上昏暗地旋转着。他们在麦格、斯内普、弗立维和斯普劳特教授(四位院长)和一个小个子巫师的面前集合。哈利猜想这个巫师应该就是魔法部来的幻影显形课指导教师。他脸色苍白得出奇,睫毛透明,头发纤细,有一种不真实感,好像一阵风就会把他吹走。哈利想,或许是因为经常移形和显形削弱了他的体质,或是这种纤弱的体形最适于消失。

"上午好,"当学生们到齐、院长们叫大家安静下来之后,魔法部的巫师说,"我叫威基·泰克罗斯,在接下来的十二周中将担任你们的幻影显形课指导教师,希望能帮助你们为这次幻影显形考试做好准备——"

"马尔福,安静听讲!"麦格教授厉声说。

大家转过头，马尔福脸色暗红，满面怒容地从克拉布身边走开了，他们刚才似乎正在小声争吵。哈利瞥了一眼斯内普，他好像也很恼火，不过哈利怀疑这更多的是因为麦格教授批评了他学院的学生，而不是因为马尔福不守纪律。

"——到那时，许多同学也许已有能力参加考试。"泰克罗斯继续说，仿佛没有被打断似的。

"大家也许知道，在霍格沃茨校内一般无法幻影显形和移形。校长特地撤销了魔法，将这一限制暂时解除一小时，仅限于这个礼堂里，让大家可以练习。我强调一下，不可幻影显形到礼堂的墙外，谁要是尝试可就吃不了兜着走了。

"现在我希望大家各自站好，在身前留够五英尺的空间。"

礼堂里一片混乱，学生们纷纷散开，撞到一起，叫别人走出自己的范围。院长们在学生中走来走去，帮他们排好位置，调解纠纷。

"哈利，你去哪儿？"赫敏问。

哈利没有回答；他迅速穿过人群，从正尖叫着给几个都想靠前站的拉文克劳学生找位子的弗立维教授面前走了过去，又从正在轰赶赫奇帕奇学生站队的斯普劳特教授面前走了过去，随后躲开厄尼·麦克米兰，钻到了人群的末尾，站在正趁乱继续跟克拉布争吵的马尔福身后。克拉布站在五英尺外，看上去挺不服气。

"我不知道还要多久，明白吗？"马尔福凶狠地说，没注意哈利就在后面，"时间比我想的要长。"

克拉布张开嘴巴，但马尔福似乎猜到了他要说什么。

"听着，我在干什么不关你的事，克拉布，你和高尔只管执

第18章 生日的意外

行命令和放哨！"

"我要是想让朋友为我放哨，就会告诉他们我在干什么。"哈利用刚好能让马尔福听见的声音说。

马尔福猛然转身，一只手疾速抓向魔杖，但此时四位院长正在高喊"安静！"礼堂里静了下来，他慢慢地转过身去，面朝前方。

"谢谢，"泰克罗斯说，"现在……"

他一挥魔杖。每个学生面前的地上立刻出现了一个老式的木圈。

"幻影显形时最重要的是记住三个D！"泰克罗斯说，"即目标，决心，从容①！"

"第一步:把注意力集中到你的目标上，"泰克罗斯说，"当前，就是你们面前的这个木圈内。现在请把注意力集中到你们的目标上。"

每个人都在偷偷打量周围，看大家是否都在盯着木圈，然后赶紧按要求做。哈利凝视着他的木圈里那块灰扑扑的圆形地面，努力不去想其他事情。结果发现这不可能，因为他忍不住琢磨马尔福到底在做什么事，会需要有人替他放哨。

"第二步："泰克罗斯说，"决心去占据你所想的那个空间！让想要进去的渴望淹没你们全身的每一个细胞！"

哈利偷眼看了看四周，左边稍远一点的地方，厄尼正铆足劲儿盯着他的木圈，脸都涨红了，仿佛正努力下一个鬼飞球大小的蛋。哈利咬住嘴唇没敢笑，赶紧把视线转回自己的木圈中。

---

① "目标，决心，从容"这三个词在英语中均以字母D开头。

159

"第三步："泰克罗斯喊道,"等我下令之后……原地旋转,让自己进入虚空状态,动作要从容!现在听我的口令……一——"

哈利又朝周围看了看;许多人似乎都对这么快就要他们幻影显形感到吃惊。

"——二——"

哈利努力重新把注意力集中到他的木圈上;他已经忘记了三个D是什么。

"——三!"

哈利原地旋转起来,一下子失去了平衡,差点儿摔倒。不只是他一个人这样,礼堂中突然到处都是摇摇晃晃的人。纳威仰面躺在地上,厄尼以芭蕾舞似的动作跳到了木圈里,兴奋了片刻,直到看见迪安在冲他哈哈大笑。

"没关系,没关系。"泰克罗斯干巴巴地说,似乎他也没指望有更好的结果,"摆好木圈,站回原位……"

第二次尝试并不比第一次好,第三次也一样糟糕。直到第四次时才出现了一点刺激。有人发出一声可怕的尖叫,大家惊恐地转过身,只见赫奇帕奇的苏珊·博恩斯在木圈中摇摇晃晃,可左腿还留在五英尺外的原地。

院长们聚到她身边,砰的一声巨响,一阵紫色的烟雾散尽后,大家看到苏珊在抽泣,腿被安上了,但她仍是满脸恐惧。

"分体,即身体某部分的分离,"威基·泰克罗斯淡淡地说,"发生在决心不够坚定的时候。必须始终把注意力集中在目标上,然后移动,不要慌,要从容……像这样。"

泰克罗斯走向前,张开双臂,优雅地原地旋转起来,在袍子

第18章 生日的意外

的飘旋中消失了,随后出现在礼堂的后面。

"记住三个D,"他说,"再来一次……一——二——三——"

可是一个小时过后,苏珊的分体还是这节课上最有趣的事件。泰克罗斯似乎并不气馁。他系上斗篷,说道:"下星期六再见,各位,不要忘记:目标,决心,从容。"

他一挥魔杖收去木圈,跟麦格教授一起走出了礼堂。学生们一边朝门厅走去,一边立刻议论纷纷起来。

"你做得怎么样?"罗恩急忙跑向哈利,问道,"我最后一次好像有点儿感觉了——脚底麻酥酥的。"

"我想是你的运动鞋太小了吧,罗-罗。"后面一个声音说,赫敏得意地笑着,大步从他们身边走过。

"我没有感觉,"哈利说,没理会赫敏的打岔,"但是现在我不关心了——"

"你说什么,不关心……你不想学幻影显形了?"罗恩不相信地问。

"我真的不大起劲,我更喜欢飞行。"哈利说,一边转头想看看马尔福在哪儿。走进门厅后,他加快了脚步。"快一些好吗,我有点事……"

罗恩纳闷地跟着哈利跑回格兰芬多塔楼,他们被皮皮鬼耽搁了一小会儿。皮皮鬼堵上了五楼的一扇门,非要每人把自己的裤子烧着才让过去,但哈利和罗恩掉头走了一条可靠的近道。五分钟内,两人爬进了肖像洞口。

"能说说我们去干什么吗?"罗恩问,微微有点气喘。

"上去。"哈利说着穿过公共休息室,走进通往男生宿舍楼梯的门。

正如他希望的那样，宿舍里没人。他打开箱子翻找起来，罗恩不耐烦地看着。

"哈利……"

"马尔福让克拉布和高尔放哨，他刚才和克拉布吵起来了。我想知道……啊哈！"

哈利找到了——一张折成方形、看似空白的羊皮纸。他把纸展开，用魔杖尖敲了敲。

"我庄严宣誓我不干好事……也许是马尔福不干好事。"

羊皮纸上立刻现出活点地图，绘着城堡每一层的详细平面图，许多带标记的小黑点正在上面移动，代表着城堡里的每个人。

"帮我找马尔福。"哈利急切地说。

他把地图摊在床上，两人俯身找了起来。

"这儿！"一两分钟后罗恩叫道，"他在斯莱特林的公共休息室里，看……跟帕金森、沙比尼、克拉布和高尔在一起……"

哈利看着地图，显得有点失望，但立刻又振作起来。

"从现在起我要监视他，"他坚决地说，"只要一看到他躲在什么地方，克拉布和高尔在外面放哨，我就披上隐形衣，去弄清他在——"

他突然打住了，纳威带着一股很重的焦煳味走了进来，径直到他箱子里找裤子。

虽然哈利决心要抓到马尔福在干什么，但之后的两个星期他运气实在不佳。他尽可能频繁地查看着活点地图，有时在课间不必要地去上盥洗室，可是一次都没在可疑地点发现马尔福。他倒

第 18 章 生日的意外

是看到克拉布和高尔单独在城堡里活动的时间比平时多,有时停在空走廊里一动不动,但那时马尔福不仅不在附近,而且在活点地图上都找不到他。这太神秘了,哈利想过马尔福会不会出了学校,但城堡中安全措施这么严密,他想不出马尔福怎么能出得去。他只能猜想马尔福是混在图上那几百个黑点之中了。原来形影不离的马尔福、克拉布和高尔分开了,也许人长大了就会这样吧——罗恩跟赫敏就是活生生的例子,哈利悲哀地想。

由二月进入三月,天气没有什么变化,只是潮湿又加上了多风。公共休息室的所有布告栏上都贴出一张告示,说这次去霍格莫德的旅行取消了,大家都很不满,罗恩怨气冲天。

"是我的生日啊!我一直盼着呢!"

"并不特别意外,是不是?"哈利说,"在凯蒂出事之后。"

凯蒂还没有从圣芒戈魔法伤病医院回来。而且《预言家日报》又报道了新的失踪事件,其中有几位是霍格沃茨学生的亲戚。

"现在我能盼的只有无聊的幻影显形了!"罗恩没好气地说,"好一份生日大礼……"

三节课下来,幻影显形还是那么困难,只是又有几个人出现了分体。挫折感在增强,学生中对威基·泰克罗斯以及他那三个D有不少抵触情绪,给他起了好些绰号,最礼貌的是狗臭屁和粪脑袋。

"生日快乐,罗恩,"三月一日早上,他们被去吃早饭的西莫和迪安吵醒后,哈利说,"送你一件礼物。"

他把纸包扔到罗恩床上,落在一小堆包裹中间,哈利猜想那些包裹是家养小精灵夜里送来的。

"谢了。"罗恩迷迷糊糊地说。在罗恩撕开纸包时,哈利下了床,打开箱子找活点地图,他每次用完都把它藏在箱子里。哈利翻出了半箱东西,才在一堆卷好的袜子底下找到了地图,袜子里还藏着他那瓶幸运药水,福灵剂。

"好了,"他把活点地图拿到床上,轻轻敲了敲,小声念道,"我庄严宣誓我不干好事。"以免从床脚走过的纳威听见。

"太棒了,哈利!"罗恩兴奋地叫了起来,挥舞着哈利送给他的魁地奇守门员手套。

"小意思。"哈利心不在焉地说,一边在斯莱特林的宿舍里仔细寻找马尔福,"嘿……我想他不在床上……"

罗恩没有回答,他正忙着拆礼物,不时发出开心的大叫。

"今年真是大丰收!"他宣布说,一边举起一块沉甸甸的金表,那表的边缘有奇特的符号,指针是用移动的小星星做的,"看,爸妈给我送了什么?嘿,我打算明年还要成年一次……"

"真酷。"哈利抬眼看了一下罗恩的手表,嘟囔了一声,又更加仔细地查看地图。马尔福在哪儿?他好像不在礼堂中斯莱特林的餐桌旁吃早饭……不在书房中坐着的斯内普旁边……也不在盥洗室和校医院……

"要吗?"罗恩举着一盒巧克力坩埚含混地问。

"不了,谢谢。"哈利抬头看了一眼,说道,"马尔福又不见了!"

"不可能。"罗恩把第二块巧克力坩埚塞进嘴里,从床上溜下来开始穿衣,"好啦,再不快点儿,你就只好空着肚子幻影显形了……也许倒容易些,我想……"

罗恩若有所思地看着那盒巧克力坩埚,然后耸耸肩,拿起了

第 18 章 生日的意外

第三块。

哈利用魔杖敲了敲地图，念道："恶作剧完毕！"（其实并未完毕）。他一边穿衣一边苦苦思索：马尔福的不时失踪肯定有原因，但他就是想不出这原因是什么。最好的办法是盯他的梢，但即使有隐形衣这也是不切实际的，因为要上课，还有魁地奇训练、作业和幻影显形，若是整天在学校里跟踪马尔福，不可能不被人注意。

"好了吗？"他问罗恩。

快走到宿舍门口时，他发现罗恩还没有动身，而是倚在床柱上，凝视着被雨水洗刷的窗户，脸上带着一种古怪的茫然表情。

"罗恩，吃早饭。"

"我不饿。"

哈利瞪着他。

"你刚才不是说——？"

"唉，好吧，我跟你下去，"罗恩叹了口气，"可我不想吃。"

哈利怀疑地打量着他。

"你刚才吃了半盒巧克力坩埚，是不是？"

"不是这么回事，"罗恩又叹了口气，"你……你不懂。"

"好吧。"哈利说着转身去开门，心中仍是疑惑。

"哈利！"罗恩突然叫道。

"什么？"

"哈利，我受不了了！"

"你受不了什么？"哈利问，不禁吃了一惊，他看到罗恩脸色苍白，好像要生病的样子。

"我没法不想她!"罗恩声音沙哑地说。

哈利目瞪口呆,他没有料到会听到这个,也拿不准自己想不想听。虽然他们是朋友,但如果罗恩开始叫拉文德"拉-拉",他将不得不采取强硬立场。

"那也不妨碍你吃早饭吧?"哈利问,试图在这件事中注入一点正常思维。

"我想她不知道我的存在。"罗恩说着绝望地一摆手。

"她当然知道你的存在,"哈利被搞糊涂了,"她不是经常吻你吗?"

罗恩吃惊地眨了眨眼睛。

"你说的是谁啊?"

"你说的是谁啊?"哈利说,越来越感到这场谈话已经完全失去了理智。

"罗米达·万尼。"罗恩柔声道,整个面孔都亮了,好像被一道最纯净的阳光照透。

两人对视了近一分钟,哈利才说:"这是个玩笑,对吧?你在开玩笑。"

"我想……哈利,我想我爱她。"罗恩用哽咽的声音说。

"好,"哈利说着走近了罗恩,细细地打量他那呆滞的眼睛和苍白的脸色,"好……严肃地再说一遍。"

"我爱她,"罗恩屏息道,"你看到她的秀发了吗,又黑又亮,缎子似的……还有她的眼睛?她那双乌黑的大眼睛?还有她的——"

"真好笑,"哈利不耐烦地说,"可是玩笑结束了,好吗?别

第18章 生日的意外

闹了。"

他转身离开，刚走出两步，他的右耳上重重挨了一击。他摇晃了两下，回过头去，罗恩刚把拳头收回去，脸都气歪了，正要再打。

哈利本能地拔出魔杖，想都没想，一句咒语就跳入了脑中：倒挂金钟！

罗恩大叫一声，脚跟被猛然拽起。他无助地倒挂在空中，袍子翻垂下来。

"这是为什么？"哈利吼道。

"你侮辱了她，哈利！你说我在开玩笑！"罗恩大声说，他的血涌到了头部，脸渐渐地变紫了。

"真是荒唐！"哈利说，"你中了什么——"

他忽然注意到罗恩床上那个打开的盒子，心头像被狂奔的巨怪撞了一下，真相大白了。

"这巧克力坩埚是哪儿来的？"

"是生日礼物！"罗恩叫道。他吊在那儿缓缓转动着，竭力想挣脱。"我不是还给了你一块吗？"

"你从地上捡的，是不是？"

"是我床上掉下去的。好了吧？放我下来！"

"不是从你床上掉下去的，你这笨蛋，你不明白吗？这是我的，我找地图时从箱子里扔出来的。这是罗米达·万尼圣诞节前送给我的巧克力坩埚，里面加了迷情剂！"

但罗恩似乎只听进去了一个词。

"罗米达！你刚才说罗米达？哈利——你认识她？能给我介

绍介绍吗?"

哈利瞪着倒挂的罗恩,瞪着那张现在带着无限渴望的面孔,忍住一阵强烈的笑意。他的一部分——最靠近灼痛的右耳的那部分——很想把罗恩放下来,由着他去发疯,一直到药力消失。然而另一方面,他们还是朋友,罗恩打他时是神志失常的。哈利想,如果他让罗恩去向罗米达·万尼表达不朽的爱意,他就真该再挨一拳。

"行,我给你介绍。"哈利脑筋一转,说道,"我这就放你下来,好吗?"

他让罗恩摔在地上(他的耳朵真的很疼),但罗恩马上跳了起来,眉开眼笑。

"她在斯拉格霍恩的办公室。"哈利蛮有把握地说,一边带着他朝门口走去。

"她为什么在那儿?"罗恩赶紧跟上,着急地问。

"哦,她跟他补魔药课。"哈利信口胡诌。

"也许我可以申请跟她一起上?"罗恩热切地说。

"好主意。"哈利说道。

拉文德等在肖像洞口旁边,这是哈利没料到的。

"你迟到了,罗-罗!"她噘着嘴说,"我给你带了件生日——"

"走开,"罗恩不耐烦地说,"哈利要把我介绍给罗米达·万尼。"

他没再跟她说话,径自挤出了肖像洞口。哈利想对拉文德做个抱歉的表情,但可能显出的只是满脸愉快,因为当胖夫人在他们身后旋上时,拉文德看上去已经气急败坏了。

哈利担心斯拉格霍恩在吃早饭,但是只敲了一声门就开了。

第18章 生日的意外

斯拉格霍恩穿着一件绿天鹅绒的晨衣,戴着一顶同样颜色的睡帽,还是睡眼惺忪的样子。

"哈利,"他嘟囔道,"太早了吧……我星期六一般起得晚……"

"教授,很抱歉打搅您,"哈利尽量轻声说,罗恩踮着脚尖,企图越过斯拉格霍恩朝房间里看,"可是我的朋友罗恩误服了迷情剂,您能不能给他配点解药?我本想带他去找庞弗雷女士,但是按理说我们不可以买韦斯莱魔法把戏坊的东西,所以,您知道……问起来会很尴尬……"

"我以为你已经给他弄出了解药呢,哈利,你不是个魔药专家吗?"斯拉格霍恩问。

"呃,"哈利有点分神,因为罗恩用胳膊肘捅他的肋骨,想要挤进屋去,"我从没配过迷情剂的解药,先生,等我配出来,罗恩可能已经做出了什么严重的——"

罗恩帮忙似的恰好在这时哀呼起来:"我看不到她,哈利——他把她藏起来了吗?"

"药水没过期吧?"斯拉格霍恩开始带着职业的兴趣打量罗恩,"你知道,放的时间越长药劲会越强。"

"怪不得呢。"哈利气喘吁吁地说,他现在简直是在跟罗恩搏斗,以免他把斯拉格霍恩撞倒,"今天是他的生日,教授。"他哀求道。

"哦,好吧,进来吧,进来,"斯拉格霍恩发了慈悲,"我包里有必需品,这个解药不难……"

罗恩冲进斯拉格霍恩那间热烘烘的拥挤的书房,被一个带穗的脚凳绊了一下,赶紧抱住哈利的脖子才恢复了平衡。他小声说:

"她没看见,没看见吧?"

"她还没来呢。"哈利说,一边看着斯拉格霍恩打开配药箱,往一个小水晶瓶里加点儿这个又加点儿那个。

"那就好,"罗恩热切地说,"我看上去怎么样?"

"非常英俊。"斯拉格霍恩平静地说,他递给罗恩一杯澄清的液体,"把它喝了,这是滋补神经的,能让你在她来时保持镇静。"

"太棒了。"罗恩迫不及待地说,咕嘟一声喝下了解药。

哈利和斯拉格霍恩观察着他。有那么一刻,罗恩笑嘻嘻地望着他们,然后,他的笑容很慢很慢地消失了,变成了极度的恐惧。

"恢复正常了?"哈利笑着问,斯拉格霍恩呵呵地笑了。"非常感谢您,教授。"

"不客气,孩子,不客气。"斯拉格霍恩说,罗恩跌坐到旁边的扶手椅里,像被霜打了一般。"提提精神,这是他现在需要的。"斯拉格霍恩继续说,一边急忙走到一个摆满饮料的桌子前,"我有黄油啤酒、葡萄酒,还有最后一瓶橡木陈酿的蜂蜜酒……嗯……本想送给邓布利多做圣诞礼物的……算了……"他耸了耸肩膀,"他反正不知道!我们为什么不打开它,庆祝一下韦斯莱先生的生日呢?要驱散爱情幻灭的痛苦,莫过于一杯好酒……"

他又大笑起来,哈利也笑了。这是自上回灾难性的试探之后,他第一次单独跟斯拉格霍恩在一起。也许,只要让斯拉格霍恩保持好心情……让他喝够橡木陈酿的蜂蜜酒……

"来吧,"斯拉格霍恩递给哈利和罗恩每人一杯蜂蜜酒,举着杯子说,"生日快乐,拉尔弗——"

"——罗恩——"哈利小声说。

第18章　生日的意外

可是罗恩似乎没听到祝酒词，已经把酒倒进嘴里，咽了下去。

一秒钟之后，几乎只是一下心跳的时间，哈利感到出了可怕的问题，而斯拉格霍恩似乎没有发觉。

"——祝你有更多——"

"罗恩！"

罗恩丢掉杯子，想从椅子上站起来，但却倒了下去。他四肢剧烈地痉挛着，口吐白沫，眼珠凸了出来。

"教授！"哈利大叫，"快想想办法！"

可是斯拉格霍恩好像吓呆了。罗恩抽搐着，呼吸困难，皮肤开始变青。

"怎么——可是——"斯拉格霍恩结结巴巴地说。

哈利跃过一张矮桌，冲向斯拉格霍恩打开的配药箱，掏出瓶瓶罐罐和药包。罗恩那可怕的咕噜咕噜的呼吸声充满了房间。终于找到了——斯拉格霍恩在魔药课上收去的那块腰子状的石头。

他奔回罗恩身边，撬开他的嘴巴，把粪石塞进了他嘴里。罗恩剧烈地哆嗦了一下，咕噜噜倒吸了一口气，身体瘫软不动了。

第 19 章

小精灵尾巴

"所以,总而言之,罗恩这个生日过得不怎么样。"弗雷德说。

晚上,校医院很安静,拉着窗帘,亮着灯。只有罗恩这张病床上住了人。哈利、赫敏和金妮都坐在他身边。他们在门外等了一整天,每当有人进去或出来时便努力朝里面张望。庞弗雷女士八点钟才让他们进去。弗雷德和乔治是八点十分赶到的。

"我们没想到会是这样送礼物。"乔治阴郁地说着,把一个大礼包放在罗恩床头的柜子上,然后在金妮身边坐下来。

"就是,在我们想象的情景中,他是清醒的。"弗雷德说。

"我们还在霍格莫德,等着给他个惊喜——"乔治说。

"你们在霍格莫德?"金妮抬起头问。

"我们想买下佐科的店面,"弗雷德垂头丧气地说,"搞个霍格莫德分店。可是如果你们周末不能过去买东西,那个店还有个鬼用啊……不过现在不说它了。"

他拉了把椅子坐在哈利旁边,看着罗恩苍白的面孔。

第19章 小精灵尾巴

"这事儿到底是怎么发生的,哈利?"

哈利又复述起他已经向邓布利多、麦格、庞弗雷女士、赫敏、金妮等人说了好像有一百遍的故事。

"……然后我把粪石塞进了他的嗓子里,他的呼吸通畅了一些,斯拉格霍恩跑去叫人,麦格和庞弗雷女士来了,把罗恩抬到了这里。他们认为他会好起来的。庞弗雷女士说他还要在这里待一两周……继续服用芸香精。"

"老天,多亏你想到了粪石。"乔治低声说。

"幸好屋里有一块。"哈利说,想到要是没找着那块小石头的后果,他不禁浑身发冷。

赫敏发出一声几乎听不见的抽泣。她这一整天特别安静。刚才她脸色煞白地冲到校医院门口,询问哈利是怎么回事,之后,她几乎没有参加哈利和金妮关于罗恩怎样中毒的反复讨论,只是咬着牙,神情恐惧地站在旁边,直到终于允许他们进去看他。

"爸爸妈妈知道吗?"弗雷德问金妮。

"他们已经看过他了,一小时前来的——这会儿在邓布利多的办公室呢,但很快就会回来……"

停了一会儿,大家看着罗恩在昏睡中小声嘟囔。

"毒药在酒里?"弗雷德轻声问。

"是的。"哈利马上说。他现在没法想别的,很高兴有机会重新讨论这个话题。"斯拉格霍恩把它从——"

"他会不会趁你不注意时往罗恩杯子里放了什么东西?"

"有可能,可斯拉格霍恩为什么要对罗恩下毒呢?"

"不知道,"弗雷德皱起眉头,"你觉得他有没有可能把杯子搞混了？本来是想害你的？"

"斯拉格霍恩为什么要对哈利下毒？"金妮问。

"我不知道，"弗雷德说，"不过肯定有好多人想对哈利下毒，是不是？'救世之星'嘛。"

"你认为斯拉格霍恩是食死徒？"金妮问。

"什么都有可能。"弗雷德阴沉地说。

"他可能中了夺魂咒。"乔治插嘴道。

"他也可能是无辜的。"金妮说，"毒药可能下在酒瓶里，这样对象就可能是斯拉格霍恩本人。"

"谁会想害斯拉格霍恩呢？"

"邓布利多认为伏地魔想把斯拉格霍恩拉过去，"哈利说，"斯拉格霍恩在来霍格沃茨之前已经躲了一年。而且……"他想到了邓布利多还没从斯拉格霍恩那里获得的那段回忆，"也许伏地魔想除掉他，觉得他可能会对邓布利多很有价值。"

"可你说斯拉格霍恩打算把那瓶酒送给邓布利多做圣诞礼物的，"金妮提醒他，"所以投毒者也可能是针对邓布利多的。"

"那么投毒者是不大了解斯拉格霍恩。"赫敏这么多小时里第一次开口，听上去像得了重伤风，"了解斯拉格霍恩的人都知道，他很可能把好吃的东西都自己留着。"

"呃—敏—恩。"罗恩突然嘶哑地叫道。

大家沉默下来，担心地看着他，但他嘟囔了几声人们听不懂的话之后又打起鼾来。

病房门猛然打开了，他们都吓了一跳，海格大步走进来，头发上带着雨水，熊皮大衣在身后摆动着，手里拿着弩弓，在地上

第19章 小精灵尾巴

踏出海豚一般大的泥脚印。

"一天都在林子里!"他喘着气说,"阿拉戈克病得更重了,我念东西给他听——刚刚才上来吃晚饭,斯普劳特教授跟我讲了罗恩的事!他怎么样?"

"还好,"哈利说,"他们说他会好的。"

"一次探视不能超过六人!"庞弗雷女士急忙从办公室里跑了过来。

"加上海格是六个。"乔治指出。

"哦……对……"庞弗雷女士似乎把庞大的海格当成了好几个人,为了掩饰她的错误,她赶紧去用魔杖清除他的泥脚印。

"我不相信,"海格俯视着罗恩,摇摇他那乱蓬蓬的大脑袋,粗声粗气地说,"就是不相信……看他躺在那儿……谁会想伤害他呢?"

"这正是我们在讨论的问题,"哈利说,"我们也不知道。"

"不会是有人跟格兰芬多魁地奇球队过不去吧?"海格担心地说,"先是凯蒂,现在是罗恩……"

"我看不出有谁想干掉一支魁地奇球队。"乔治说。

"如果不会受处罚的话,伍德可能会对斯莱特林这么干。"弗雷德比较公正。

"我想不是为了魁地奇,但这两次事件之间有联系。"赫敏轻声说。

"何以见得?"弗雷德问。

"第一,两次本来都该致命的,却都没有致命,尽管这纯粹是运气。第二,毒药和项链似乎都没有害到原定要害的人。当然,"

她沉吟地说,"这样看来幕后那个人更加阴险,因为他们为了袭击真正的目标似乎不在乎干掉多少人。"

还没有人对这个不祥的预言做出回答,病房的门又开了,韦斯莱夫妇匆匆走向病床。他们上次探视只是确定罗恩能完全康复。现在韦斯莱夫人抓住哈利,紧紧地拥抱他。

"邓布利多告诉我们你用粪石救了他。"她抽泣道,"哦,哈利,我们说什么好呢?你救过金妮……救过亚瑟……现在又救了罗恩……"

"不用……我没有……"哈利局促地说。

"还真是,现在想起来,我们家好像有一半人的命都是你救的。"韦斯莱先生说,他的嗓子眼有些发紧,"我只能说,罗恩在霍格沃茨特快列车上决定坐在你的包厢里,那真是幸运的一天,哈利。"

哈利不知道该怎么回答,当庞弗雷女士又提醒他们罗恩床边只能有六位探视者时,他几乎有些庆幸。哈利和赫敏立刻起身离去,海格决定跟他们一起走,让罗恩跟他的家人待在一起。

"真可怕,"海格吹着他的大胡子咆哮道,三人沿着走廊往大理石台阶走去,"采取了这么多新的安保措施,还是不断有孩子受伤……邓布利多担心坏了……他不大说,但我看得出……"

"他没有什么主意吗,海格?"赫敏急切地问。

"我想他有几百个主意,他那样的脑子,"海格忠诚地说,"可他不知道是谁送的项链,谁在酒里下的毒,要不然早就抓住他们了,是不是?我担心的是,"海格压低嗓门,回头看了看(哈利则帮着看天花板上有没有皮皮鬼),"像这样接连有孩子出事,霍

第19章 小精灵尾巴

格沃茨还能办多久。这不又像密室事件了吗？会搞得人心惶惶，家长把孩子接出学校，然后董事会……"

一个长发女郎的幽灵恬静地飘过，海格停了下来，然后沙哑地小声说："……董事会就会讨论把我们永远关掉。"

"不会的吧？"赫敏担心地问。

"你得从他们的观点来看。"海格语气沉重地说，"把孩子送进霍格沃茨总会有一些风险，是不是？几百个未成年的巫师关在一起，难免会有事故，是不是？可是谋杀未遂事件性质不同啊，难怪邓布利多那么生斯内——"

海格突然刹住了，蓬乱的黑胡子间露出的那块面孔带着熟悉的心虚表情。

"什么？"哈利马上问，"邓布利多生斯内普的气？"

"我没那么说。"海格否认道，但那副惶恐的样子是对他最有力的揭发，"看看时间，快十二点了，我得——"

"海格，邓布利多为什么生斯内普的气？"哈利大声问。

"嘘——"海格说，看上去既紧张又恼火，"别嚷嚷那种话，你想让我丢掉工作吗？哦，我想你不在乎，是不是？反正你已经放弃了保护神奇——"

"别想让我觉得内疚，那没用！"哈利激烈地说，"斯内普干了什么？"

"我不知道，哈利，我根本不该听到的！我——唉，那天晚上我从林子里出来，听到他们在说话——在吵架。我不想被他们发现，就偷偷走在后面，努力不听，可那是一场——激烈的讨论，想不听也不容易。"

"说呀?"哈利催促道,海格那双大脚不安地动了动。

"嗯——我听到斯内普说邓布利多太想当然,也许他——斯内普——不想再干了——"

"再干什么?"

"我不知道,哈利,听起来好像斯内普觉得工作太重了,就是这样——但是,邓布利多直截了当地说是斯内普同意干的,没什么可说的。对他态度挺强硬的。然后又说到要斯内普调查他的学院,斯莱特林。咳,这没什么奇怪的!"海格见哈利和赫敏意味深长地对视了一下,急忙说,"所有学院的院长都要调查项链的事——"

"对,可是邓布利多没跟其他人争吵,是不是?"哈利说。

"听着,"海格说,一边局促地扳着弩弓,嘎嘣一声,弩弓折成了两半,"我知道你对斯内普是怎么想的,哈利,我不希望你去猜疑本来没有的事情。"

"小心!"赫敏急促地说。

他们回过头,看见阿格斯·费尔奇的阴影正投到他们身后的墙上,然后他本人从一个拐角走了出来,他佝偻着背,下巴的垂肉抖动着。

"哦嗬!"他呼哧呼哧地说,"这么晚了还不睡觉,关禁闭!"

"不,费尔奇,"海格马上说,"他们跟我在一起,是吧?"

"那有什么区别?"费尔奇可憎地问。

"我是教师,不是吗?你这鬼鬼祟祟的哑炮!"海格登时火了。

费尔奇勃然大怒,发出可怕的嘶嘶声,洛丽丝夫人不知什么时候来了,蛇一样绕在费尔奇的瘦脚脖子上。

第 19 章　小精灵尾巴

"走。"海格从牙缝中挤出声音说。

哈利不需要再提醒,跟赫敏一起匆匆逃走了,海格和费尔奇的高嗓门在身后回响。在即将拐进格兰芬多塔楼时,他们碰到了皮皮鬼,他正快活地朝着吵嚷声的方向冲去,咯咯地笑着叫道:

哪儿有打架,哪儿有麻烦,
就叫皮皮鬼,他会去添乱!

胖夫人正在打瞌睡,被吵醒了不大高兴,拉长了脸,但还是旋开了,让他们爬了进去。幸好公共休息室里一片清静,空无一人。大家似乎还不知道罗恩的事,哈利大大地松了口气,他今天已经被问得够多了。赫敏跟他道了晚安,回女生宿舍了。哈利留了下来,坐在壁炉旁凝视着即将燃尽的余火。

邓布利多跟斯内普吵架了,尽管他对哈利口口声声说他完全信任斯内普,他还是跟斯内普发脾气了……觉得斯内普没有尽力调查斯莱特林……或调查某一个斯莱特林的学生——马尔福?

邓布利多是否因为不希望哈利做傻事,害怕哈利自己插手去管,才假装说哈利怀疑的事情是无中生有?有可能。甚至他可能是不希望哈利上课分心或耽误了从斯拉格霍恩那里搞到真实的记忆。也可能邓布利多觉得不该对一个十六岁学生袒露他对教员的怀疑……

"你在这儿,波特!"

哈利惊得跳了起来,拿起魔杖。他本来以为休息室里没人,完全没想到远处座位上会突然冒出一个庞大的身影。哈利定睛一看，是考迈克·麦克拉根。

"我一直在等你回来，"麦克拉根说，没理会哈利拔出的魔杖，"准是打了个盹儿。早些时候，我看到他们把韦斯莱抬到校医院去了。看样子他不能参加下星期的比赛了。"

哈利过了一会儿才明白他在说什么。

"哦……对了……魁地奇，"他把魔杖插回牛仔裤的腰带中，疲惫地捋了一下头发，"是啊……他可能去不了啦。"

"那就该我当守门员了，是不是？"麦克拉根问。

"啊，"哈利说，"啊，我想是……"

哈利想不出反驳的理由，毕竟，麦克拉根在选拔中名列第二。

"太好了，"麦克拉根用满意的口气说，"什么时候训练？"

"什么？哦……明天晚上有一次。"

"好，听我说，波特，我们应该事先谈一谈。我有一些战略想法，可能对你有用。"

"行，"哈利不太热情地说，"我明天再听吧，现在挺累的……再见……"

罗恩中毒的事第二天就迅速传开了，但没有像凯蒂受伤那么轰动，大家似乎认为这也许是个意外，因为他当时在魔药老师的屋里，而且立刻服了解药，没什么大碍。实际上，格兰芬多的学生普遍更关心的是对赫奇帕奇的魁地奇比赛，很多人都想看到对方的追球手扎卡赖斯·史密斯受到惩罚，因为他在格兰芬多对斯莱特林的开场赛中解说得那么恶劣。

哈利对魁地奇的兴趣却从未像现在这样低过，他的心思已迅速被德拉科·马尔福占满，除了一有机会就查看活点地图，有时

第 19 章 小精灵尾巴

还会绕到马尔福所在的地方，但仍未发现他有异常行为。不过还是有些神秘的时刻，马尔福会完全从地图上消失……

但哈利没有很多时间想这个问题，要参加魁地奇训练，要做作业，而且走到哪儿都会遭到麦克拉根和拉文德的纠缠。

哈利不能确定这两个人哪个更讨厌。麦克拉根不断暗示他当守门员会比罗恩更好，认为现在哈利经常看到他的训练，一定会得出同样的结论。他还喜欢批评其他球员，向哈利提供详细的训练方案，哈利好几次不得不提醒他谁是队长。

与此同时，拉文德经常凑上来讨论罗恩，哈利觉得这几乎比麦克拉根的魁地奇讲座更令人厌烦。一开始，拉文德很生气没人想到告诉她罗恩进了校医院——"我是他的女朋友！"不幸的是，她现在决定原谅哈利的失忆，很喜欢跟他就罗恩的感情做一次次深谈，这种极不舒服的经历哈利宁可没有。

"听我说，你为什么不跟罗恩谈这些呢？"哈利问。

在一次特别长的问话里，拉文德问东问西，从罗恩对她的新袍子到底发表了什么评论，一直问到哈利是否觉得罗恩对她是"认真的"。

"唉，我是想问啊，可我去看他的时候，他总是在睡觉。"拉文德烦恼地说。

"是吗？"哈利很惊讶，因为每次他去校医院，罗恩都很清醒，对邓布利多和斯内普吵架的消息很感兴趣，骂起麦克拉根来也积极起劲。

"赫敏·格兰杰还去看他吗？"拉文德突然问。

"嗯，我想是的。他们是朋友嘛，是不是？"哈利尴尬地答道。

"朋友？别逗我了。"拉文德轻蔑地说，"罗恩跟我好了之后，赫敏几星期都没跟他说话！可是我估计她想跟罗恩和好，因为现在罗恩那么有趣……"

"你是说中毒有趣？算了——对不起，我该走了——麦克拉根要过来谈魁地奇了。"哈利急忙说，然后冲进旁边一扇伪装成墙壁的门里，抄近路逃去上魔药课了，幸好拉文德和麦克拉根不能跟去。

在对赫奇帕奇比赛的那天早上，哈利去球场前到校医院看了看。罗恩焦躁不安，庞弗雷女士不让他去观看比赛，怕他兴奋过度。

"麦克拉根表现得怎么样？"他紧张地问哈利，好像不记得他已经问过两遍了。

"我跟你说了，"哈利耐心地说，"他就是世界一流我也不想留他。他老是教训别人，觉得他在哪个位置都能比我们其他人更好。我巴不得早点儿摆脱他。说到摆脱，"哈利站起来，拿起他的火弩箭，"你能不能在拉文德来看你时不要假装睡觉？她也要把我逼疯了。"

"哦，"罗恩难为情地说，"是，好的。"

"如果你不想再跟她处下去，就告诉她。"哈利说。

"嗯……这……不那么容易，是不是？"罗恩停了一会儿，又不经意地加了一句，"赫敏比赛前会来吗？"

"不，她已经跟金妮去球场了。"

"哦，"罗恩显得有些沮丧，"好吧，祝你们好运，希望你痛揍麦克拉——我是说史密斯。"

"我尽量。"哈利说着扛起飞天扫帚，"赛后再见。"

第19章 小精灵尾巴

他匆匆穿过无人的走廊。全校人都出去了,不是已坐在体育场里就是正往那儿走。哈利边走边看窗外,判断风力多大。听到前方有响动,他抬起目光,只见马尔福朝他走来,旁边有两个女孩,都面有愠色。

看到哈利,马尔福突然停住了,然后短促地干笑一声,继续往前走。

"你去哪儿?"哈利问。

"啊,我正要告诉你呢,因为这是你的事,波特,"马尔福讥笑道,"你最好快点儿,他们在等'救世队长'——'得分之星'——谁知道他们现在叫你什么呢。"

一个女孩勉强地笑了一声,哈利盯着她,她脸红了。马尔福从哈利身旁挤了过去,女孩跟她的朋友小跑着跟上,转过拐角不见了。

哈利定在原地,眼睁睁地看着他们消失。真够气人的,他已经是掐着时间去赛场,却发现马尔福趁全校人都去看球赛的时候在偷偷行动:到现在为止,这是搞清马尔福在干什么的最好机会。时间一秒一秒无声地过去,哈利还站在那儿,望着马尔福消失的地方……

"你去哪儿了?"哈利冲进更衣室时金妮问。全队都已换好衣服,准备上场了。击球手古特和珀克斯紧张地用球棍敲着腿。

"我碰到马尔福了。"哈利小声告诉她,一边把红色的球袍套到头上。

"然后呢?"

"我想知道,所有的人都在这儿,他怎么会带着两个女孩在城堡里……"

"这个时候这件事很要紧吗？"

"咳，现在也不可能搞清楚了，是不是？"哈利抓起火弩箭，戴好眼镜，"走吧！"

他没再说话，大步走到球场上，迎来了震耳欲聋的欢呼和嘘声。没有什么风，天上白云朵朵，时而有耀眼的阳光射出。

"麻烦的天气！"麦克拉根给队员们打气说，"古特，珀克斯，你们要在阳光照不到的地方飞，让对方看不到你们过来——"

"我是队长，麦克拉根，不要再指导他们了，"哈利恼火地说，"到球门那儿去。"

麦克拉根走了之后，哈利转向了古特和珀克斯。

"记着要在阳光照不到的地方飞。"他不情愿地叮嘱道。

哈利跟赫奇帕奇的队长握了手，然后在霍琦女士的哨声中腾空而起，升得比其他队员都高，围绕球场疾驰，寻找飞贼。如果能早点儿抓到它，也许还有机会返回城堡拿上活点地图，去弄清马尔福在干什么……

"赫奇帕奇的史密斯拿到了鬼飞球，"一个梦幻般的声音在球场上空回响，"当然，上次是他做的解说。金妮·韦斯莱撞到了他，我想可能是故意的——看上去很像。史密斯上次对格兰芬多出言不逊。我想他现在后悔了——哦，快看，他丢掉了鬼飞球，金妮抢了过去，我喜欢她，她人很好……"

哈利朝解说台看去，哪个头脑正常的人会让卢娜做解说呢？可就是在高空也不会看错，那暗金色的长发，黄油啤酒瓶塞做的项链……她旁边的麦格教授显得有点不自在，好像确实对这一任

第19章 小精灵尾巴

命感到有些后悔。

"……可现在那个赫奇帕奇的大个子球员把鬼飞球从金妮手里夺走了,我不记得他的名字,好像是毕勃——不,巴金思——"

"是卡德瓦拉德!"麦格教授在卢娜旁边高声说道,观众哄堂大笑。

哈利举目四望寻找飞贼,却不见它的踪影。过了一会儿,卡德瓦拉德进了一球。麦克拉根在那儿大声指责金妮丢掉了鬼飞球,结果没注意大红球从他右耳边飞了过去。

"麦克拉根,请专心做你该做的事,不要干涉别人!"哈利转过身冲着他的守门员吼道。

"你也没做个好榜样!"麦克拉根也吼道,面孔通红,怒气冲冲。

"哈利·波特在和他的守门员争吵,"卢娜平静地说,下面赫奇帕奇和斯莱特林的观众都喝起了倒彩,"我不认为那有助于他找到飞贼,但这也许是个巧妙的幌子……"

哈利愤怒地诅咒了一声,转身继续绕场疾驰,在天空中搜寻那个带翅膀的小金球的影子。

金妮和德米尔扎各进一球,让下面穿着红金双色服装的观众有了一点可以欢呼的理由。然后卡德瓦拉德又进了一球,把比分扳平,但卢娜好像没注意到。她似乎对比分这种庸俗的东西特别不感兴趣,总是把观众的注意力引到别处,如奇形怪状的云彩,还有扎卡赖斯·史密斯开场后把鬼飞球拿在手里都没超过一分钟,是不是得了"丢球症",等等。

"赫奇帕奇队七十比四十领先!"麦格教授朝卢娜的麦克风

中喊道。

"是吗，已经这样了？"卢娜茫然地说，"哦，看哪！格兰芬多的守门员抓住了一个击球手的球棍。"

哈利在空中急忙转过身，果然，麦克拉根出于只有他自己才知道的原因，从珀克斯手里夺过了球棍，好像在示范怎么把游走球击向飞来的卡德瓦拉德。

"把球棍还给他，回球门里去！"哈利咆哮着朝麦克拉根冲了过去，麦克拉根朝游走球狠抽一棍，但没击中球。

一阵头晕目眩的剧痛……一道亮光……远处的尖叫声……然后像在长长的隧道里坠落……

哈利知道的下一件事，就是发现自己躺在异常温暖舒适的床上，头上是一盏在朦胧的天花板上投下金色光圈的吊灯。他艰难地抬起头，看见左边有一个很眼熟的雀斑脸、红头发的人。

"谢谢你来陪我。"罗恩笑嘻嘻地说。

哈利眨眨眼睛，环顾四周。没错，他在校医院里。外面的天空靛蓝中夹着深红的条纹。比赛一定早结束了……抓住马尔福的希望也落空了。哈利觉得脑袋沉得出奇，他举起手，摸到了一大圈硬硬的绷带，像阿拉伯人的缠头巾。

"怎么回事？"

"头骨碎裂，"庞弗雷女士急忙走来，把他按回枕头上，"不用担心，我立刻就能让它愈合，但你要住一晚上，几小时之内不可用力过度。"

"我不想在这儿过夜，"哈利愤怒地说，一边掀开被单坐了起来，"我想找到麦克拉根，把他杀了。"

第19章 小精灵尾巴

"这恐怕属于'用力过度'。"庞弗雷女士坚决地把他推回床上，威胁地举起魔杖，"你要住到我让你出院为止，波特，不然我就叫校长了。"

她匆匆走回办公室，哈利倒回枕头上，怒不可遏。

"你知道我们输了多少？"他咬着牙问罗恩。

"嗯，我知道，"罗恩抱歉地说，"最后比分是三百二十比六十。"

"精彩，"哈利说，气得眼睛都红了，"真精彩！等我抓住麦克拉根——"

"别抓他，他的块头像巨怪。"罗恩理智地说，"我个人认为完全可以用王子那个让脚趾疯长的咒语教训他一下。不过，在你出院前可能其他队员已经整过他了，他们都不痛快……"

罗恩的语气中有抑制不住的开心。哈利看得出他为麦克拉根捅了这么大的娄子而暗暗高兴。哈利躺在那儿，盯着天花板上的光斑，新愈合的头骨疼得并不厉害，只是在绷带下隐隐作痛。

"在这儿能听到解说，"罗恩说，他笑得声音都抖了，"我希望以后都由卢娜解说……丢球症！……"

但哈利还在盛怒中，看不出这里面有多少幽默。过了一会儿，罗恩的笑声低了下去。

"你昏迷的时候金妮来过。"停了好长时间，他说。哈利的想象立刻超速运转起来，飞快地构思出一幕画面：金妮对着他没有知觉的身体抽泣，表白着对他深深的爱恋，罗恩为他们俩祝福……"她说你去的时候刚刚赶上比赛，怎么会呢？你走得挺早的啊。"

"哦……"哈利说，脑海中幻想的那一幕坍塌了，"是……我看到马尔福跟两个女孩偷偷溜走了,她们好像不想跟他走,这是他第二次没跟全校师生一起待在魁地奇球场。他上次比赛也溜了,记得吗?"哈利叹了口气,"当时要跟踪他就好了,比赛输得这么惨……"

"别傻了,"罗恩劈头说,"你不能为跟踪马尔福而错过魁地奇比赛,你是队长!"

"我想知道他在干什么。别跟我说这都是我的想象,我听到他和斯内普——"

"我从来没说这都是你的想象,"罗恩用胳膊肘支起身子,皱着眉头对哈利说道,"可是没有哪条规定说这地方每次只能有一个人搞阴谋啊!你对马尔福有点着魔了,哈利,竟然想为了跟踪他而放弃比赛……"

"我想抓住他!"哈利沮丧地说,"我的意思是,他从活点地图上消失的时候都到哪儿去了?"

"不知道……霍格莫德?"罗恩打着哈欠说。

"我在地图上没见他走过秘密通道。再说我想通道也受到监视了,是不是?"

"那我就不知道了。"罗恩说。

两人沉默下来。哈利盯着天花板上的光圈,思索着……

要是他有鲁弗斯·斯克林杰的权力,就可以派人盯马尔福的梢。可惜哈利没有一批傲罗听他调遣……他想到利用D.A.,可仍然有缺课的问题,大部分人的日程还是挺满的……

罗恩的床上响起了低沉的呼噜声。稍后庞弗雷女士走了进来,这次她穿了件厚厚的睡衣。装睡最容易不过了,哈利翻了个身,

第19章 小精灵尾巴

听到她挥动魔杖拉上了所有的窗帘。灯暗下来，她走回办公室，只听门咔嗒一声关上，哈利知道她去睡觉了。

哈利在黑暗中回忆，这是他第三次在魁地奇赛场上受伤而被送进校医院。上次是因为球场周围有摄魂怪，他从扫帚上摔了下来。再上次是因为不可救药的洛哈特教授把他手臂内的骨头变没了……那是他最痛的一次……他想起了一夜间长出手臂里全部骨头的那种剧痛，即使是意外的午夜访客也没能减轻——

哈利腾地坐了起来，心嗵嗵地跳着，绷带歪到了一边。他终于有一个可以跟踪马尔福的办法了——他怎么会忘了呢？为什么先前没有想起来呢？

问题是，怎么去叫他？怎么做呢？

哈利轻声试探着向黑暗中呼唤。

"克利切？"

噼啪一声巨响，扭打声和尖叫声随即充满了原本寂静的病房。罗恩惊醒了，叫道："出了什么——"

哈利急忙用魔杖指着庞弗雷女士的房门念道："闭耳塞听！"免得她冲过来。然后他爬到床脚，细看发生了什么。

两个家养小精灵在病房中央的地板上打滚，一个穿着件缩水的栗色套头衫，戴着几顶绒线帽，另一个屁股上裹着块脏兮兮的破布。然后又是一声巨响，恶作剧精灵皮皮鬼出现在扭成一团的小精灵上空。

"我正在看好戏呢，傻宝宝波特！"皮皮鬼愤愤不平地指着下面打架的小精灵告诉哈利，然后高声尖笑道，"看那两个小东西互相掐架，咬呀咬，打呀打。"

"不许克利切在多比面前侮辱哈利·波特,不许!不然多比就帮克利切闭上嘴巴!"多比尖叫道。

"——踢呀踢,抓呀抓!"皮皮鬼兴奋地喊道,一边朝小精灵扔粉笔头,给他们火上浇油,"掐呀掐,戳呀戳!"

"克利切对他主人想说什么就说什么,没错。什么主人呀,龌龊的泥巴种的朋友,哦,克利切的女主人会怎么说——?"

克利切的女主人到底会说什么,他们没听到,因为这时多比把他那疙疙瘩瘩的小拳头杵进了克利切的嘴里,打掉了他的半口牙齿。哈利和罗恩一齐从床上跳了起来,拉开了两个小精灵,但他们还在企图踢打对方。皮皮鬼在旁边煽风点火,一边绕着吊灯飞舞,一边尖叫道:"用手指捅他鼻孔,打他的鼻子,揪他的耳朵——"

哈利用魔杖朝皮皮鬼一指,"锁舌封喉!"皮皮鬼抓着喉咙,噎住了,从窗口飞了出去,一边做着下流的手势,但说不出话来,因为他的舌头跟上腭粘到了一起。

"漂亮,"罗恩欣赏地说着,把多比举到空中,使他乱舞的四肢再也碰不到克利切,"又是王子的魔法吧?"

"对。"哈利扭着克利切枯瘦的胳膊,扼住他的脖子,"——我禁止你们再打架!噢,克利切,禁止你再打多比。多比,我知道我不能命令你——"

"多比是自由的家养小精灵,可以服从他喜欢的任何人,多比会做哈利·波特要他做的任何事情!"多比说,泪水顺着他皱巴巴的小脸淌到套头衫上。

"那好。"哈利说。他和罗恩放开小精灵,他们落到地上,没

第 19 章 小精灵尾巴

有再打架。

"主人叫我？"克利切嘶哑地问，鞠了一躬，尽管他那眼神显然希望哈利不得好死。

"是的，我叫你。"哈利看看庞弗雷女士的房门，确定闭耳塞听咒还有效，因为看不出她有听到吵闹声的迹象，"我要给你一个任务。"

"克利切听凭主人吩咐，"克利切腰弯得那么深，嘴几乎碰到了他那疙疙瘩瘩的脚趾，"因为克利切别无选择，但克利切为有这样一个主人而羞耻，没错——"

"多比愿意做，哈利·波特！"多比尖叫道，他那网球大的眼睛里仍盈满泪水，"能为哈利·波特效劳是多比的荣幸！"

"细想起来，有你们两个在一起倒不错。"哈利说，"好吧，那么……我希望你们跟踪德拉科·马尔福。"

他不顾罗恩脸上又惊又恼的表情，接着说："我想知道他去哪儿，见谁，干什么。我要你们全天盯着他。"

"是，哈利·波特！"多比马上说，大圆眼睛闪着兴奋的光芒，"要是多比做错了，多比就从最高的塔楼跳下去，哈利·波特！"

"那可不必。"哈利忙说。

"主人要我跟踪马尔福家最小的公子？"克利切嘶声道，"主人要我监视我旧主人的纯血统侄孙？"

"正是他，"哈利看到一个很大的危险，决定立刻防止，"禁止你向他告密，克利切，禁止让他知道你在干什么，禁止跟他说话、给他写信，或……或用任何方式跟他联系。听到了吗？"

他看出克利切正努力在刚才的命令里寻找漏洞，就停在那儿等待着。过了一会儿，哈利很满意地看到克利切又深鞠一躬，恨恨地说："主人把一切都想到了，克利切必须服从他，尽管克利切宁可当马尔福少爷的仆人，没错……"

　　"那就这么定了。"哈利说，"我要你们定期汇报，但是要看准我周围没人时再来，罗恩和赫敏在场没关系。别告诉其他任何人你们在干什么。只要像两张膏药一样粘着马尔福。"

WIZARDING WORLD